中华先锋人物
故事汇

陈景润

摘取数学皇冠上的明珠

CHEN JINGRUN
ZHAI QU SHUXUE HUANGGUAN SHANG DE MINGZHU

余 雷 著

党建读物出版社　

图书在版编目（CIP）数据

陈景润：摘取数学皇冠上的明珠/余雷著. — 南宁：接力出版社；北京：党建读物出版社，2020.4（2024.4重印）
（中华人物故事汇. 中华先锋人物故事汇）
ISBN 978-7-5448-6420-6

Ⅰ.①陈… Ⅱ.①余… Ⅲ.①传记小说-中国-当代 Ⅳ.①I247.5

中国版本图书馆CIP数据核字(2020)第007237号

陈景润 —— 摘取数学皇冠上的明珠

余 雷 著

责任编辑：朱晓颖 季利清
责任校对：杨 艳 杜伟娜 王 静
数学专业审核：赵 星
装帧设计：严 冬 许继云 美术编辑：高春雷
出版发行：党建读物出版社 接力出版社
地　　址：北京市西城区西长安街80号东楼（邮编：100815）
　　　　　广西南宁市园湖南路9号（邮编：530022）
网　　址：http://www.djcb71.com　　http://www.jielibj.com
电　　话：010-65547970/7621
经　　销：新华书店
印　　刷：河北鹏润印刷有限公司
2020年4月第1版　　2024年4月第11次印刷
787毫米×1092毫米　32开本　5.75印张　85千字
印数：110 001—118 000册　　定价：22.00元

版权所有 侵权必究

质量服务承诺：如发现缺页、错页、倒装等印装质量问题，可直接联系本社调换。
服务电话：010-65545440

目 录

写给小读者的话 ······ 1

我要读书 ············ 1
数学比游戏有趣 ······ 11
田埂上的数学课 ······ 17
路灯下夜读 ·········· 25
求学三元 ············ 35
英华"陈布克" ········ 45
厦大"黑衣人" ········ 55
影响一生的恩师 ······ 67
不会讲课的老师 ······ 75
勤业斋里追梦 ········ 83

煤油灯下的发现·········93

攀上高峰·············103

代表人民·············113

男儿有泪不轻弹········121

盛名之下·············129

为梦想"搭梯子"········137

特殊的教学方式········143

紧握那双手···········149

数学家爸爸···········157

人生的目的是奉献······167

写给小读者的话

一九三三年五月二十二日,陈景润出生在福建省福州市的一座老房子里。

陈景润从小体弱多病,看上去比同龄孩子小一圈。这个瘦弱的孩子最喜欢做的事情就是读书,当同伴在玩耍的时候,他常常安静地捧着一本书,沉浸在知识的世界里。

陈景润的童年处在一个动荡的时代,为了躲避战乱,全家人辗转多地。难得的是,不管处境如何,重视教育的父亲也没有让孩子们中断学习。陈景润在艰苦的环境中不仅学到了知识,更体会到只有勤勤恳恳,努力付出,才能有所收获。

陈景润不擅长与人交流,即使在家里,他也少言寡语。慈爱的母亲担心这个孩子太过木讷，今后难以生存。父亲却说，放心吧，他以后会有大出息。父亲深知，这个孩子虽外表柔顺，但内心无比坚定，做事踏实而专注，有着不畏困难的坚强与决心。果然如父亲所说，中学时的陈景润对数学产生了浓厚的兴趣，上大学时，他选择了数学作为自己的专业，从此走上了为数学奉献一生的道路。

几十年后，陈景润在一个没有电灯的六平方米小屋里，用纸和笔演算出了最接近哥德巴赫猜想的"1+2"，为世界所瞩目。以陈景润姓氏命名的"陈氏定理"至今无人超越。

数学是理性思维和逻辑思维的精髓，是自然科学发展的基础。自从踏上数学研究之路的那天起，陈景润就毫无畏惧，义无反顾。无论前面的高山多么陡峭，他从来都不退缩，一直坚定而执着地向上攀登。很多人向陈景润请教成功的秘诀，陈景润说："其实没有什么奥妙，最重要的是热爱科学，打好基础，要勤奋，刻苦，严谨。"

一九七九年，陈景润应美国普林斯顿高等研究院院长沃尔夫的盛情邀请,到普林斯顿做短期研究。当国外的同行提出希望他能长期留美时,陈景润微笑着拒绝了,他说:"我的国家的确十分落后,正是因为这样,我才应该回去为祖国服务。"回国后,陈景润把在美国做研究工作期间节省下来的七千五百美元全部上交给国家。

一九九一年,一个栏目组采访了陈景润一家,当记者问他人生的目的是什么的时候,陈景润说:"人生的目的是奉献,而不是索取。"

陈景润最喜爱的一首歌是《小草》,他常常轻声哼唱:"没有花香,没有树高,我是一棵无人知道的小草。"即使已经成为一棵参天大树,他依然谦虚,朴素,把自己当作一棵小草,努力为这个世界增添绿意。

我要读书

春天的原野上,到处都是刚冒出土的草芽。

细嫩的草芽远远看去绿茵茵的一片,走到近处,却只见一根根细小柔弱,或是淡黄,或是嫩绿的小草,稀稀拉拉地长在焦黄的土地上。

这个季节,无论是天晴还是下雨,放牛的孩子们总会早早地把牛赶到空地上,让它们多吃几口鲜嫩的草叶。地上的草很少,但牛并不在意,它们耐心地寻找着,看到小草就用舌头灵巧地卷进嘴里,慢慢嚼着。黄牛慢悠悠地走在前面,孩子们嘻嘻哈哈地打闹着跟在后面,冷清了一个冬天的原野变得热闹起来。

陈景润不用放牛,但每天中午他都得提着土罐去田里，给干活儿的妈妈送饭。

这一天，陈景润又去给妈妈送饭。虽然是早春，但中午的太阳已经火辣辣的，有些烤人，他不由得加快了脚步。

前面有一群孩子在玩游戏，陈景润走近一看，是住在附近的几个小伙伴。他低着头刚想从旁边走开，一个孩子拦住了他："嗨，来跟我们一起玩吧。"

陈景润摇摇头："不行，我要去给妈妈送饭。"

"快去快去。"男孩催促着他，"送完饭赶快过来呀，我们一起玩捉迷藏。"

"嗯。"陈景润答应着，飞快地跑了。

妈妈吃完饭，休息了一会儿，继续锄草。陈景润提着土罐往家走去。不远处，那几个男孩还在嘻嘻哈哈地打闹着。陈景润看了他们一眼，转身走上了另一条路。从这条路回家虽然会远一些，但陈景润不想和那些孩子一起玩，他只想赶快回家去看书。

前面有一棵大柳树，柔顺的柳枝上挂满了新长出来的鹅黄色柳叶。一个男孩坐在树下，正捧着一本书在念:"天街小雨润如酥,草色遥看近却无。"

"草色遥看近却无,草色遥看近却无……"陈景润跟着念了几遍,向远处看去,欣喜地说,"真是这样的呢,写得真好!能让我看一眼你的书吗?"

男孩回过头,瞪了陈景润一眼:"你是谁啊?走开!别打扰我读书!"

陈景润看了看男孩手里的书,轻声问:"我就看一眼,可以吗?"

不料,男孩把书藏到身后,上下打量了他一番,鄙夷地说:"不行!就你这种穷小子,一辈子都别想读书。快滚,有多远滚多远!"

陈景润转身跑了。他一边跑,一边擦拭着不断流出的眼泪。男孩的话深深地刺痛了陈景润,他宁可一辈子不吃肉,也不能一辈子不读书啊!陈景润在田埂上拼命地往前跑,像是要把这句话远远地抛在身后。

正午的太阳像个火盆一样悬在空中,空气中有一股焦煳的味道。陈景润跑了一会儿,头上就冒出了细密的汗珠,身上的衣服也被汗水打湿了,但他还在一个劲儿地往前跑着。他不知道自己要跑向哪里，只觉得心中像是有一团火在熊熊燃烧，却不知道该怎么把它扑灭。

读书，是陈景润从小的梦想。

陈景润是家里的第三个孩子。每天看着哥哥姐姐背着书包到学校去，年幼的他非常羡慕，常常问妈妈："我什么时候才能去上学？"

妈妈一边麻利地干着活儿，一边回答道："等你长大了就能去。"

"我什么时候才算是长大呢？"陈景润追在妈妈的身后问。

妈妈叹了一口气，看了看眉头紧锁的爸爸，轻声对陈景润说："到时候你就知道了。"

陈景润的爸爸是当地一个邮局的小职员，每个月只有微薄的薪水。家里一连生了好几个孩子，每多一张吃饭的嘴，爸爸的压力就大一些。哥哥和姐姐上学以后，日渐增加的学杂费让家里本不宽裕的日子捉襟见肘。爸爸每天都在为家里的各种支出发愁。

陈景润不敢跟爸爸提上学的事，但只要哥哥姐姐一放学,他就缠着他们教他认字,做算术。哥哥姐姐也总是很耐心地先教他几个字,再去做自己的作业。

一天,哥哥正在做作业,陈景润看到哥哥的书包放在一边,就悄悄背在了身上。这个书包不过是一个宽大的布袋,但陈景润背上它,却像是得到了一个宝贝,心里高兴得不知如何是好。他在家门口走来走去,想做点什么。他突然想到:如果背着这个书包到学校去,老师会不会就把我当成一个学生呢?

陈景润这样想着,趁家里人都没有注意,就悄悄地向学校跑去。

可年幼的陈景润只知道学校的方向,却从来没有去过。他背着书包在路上跑了一会儿就迷路了,既不知道要怎么去学校,也不知道该怎么回家。陈景润东跑跑,西跑跑,离家却越来越远,路上的人也越来越少,他只好坐在路边哇哇大哭,一直哭到家里人找到他。

时间飞快地过去,陈景润的个子长高了,相貌也有了一些变化,但爱看书的习惯却一点儿也没有改变。他依然每天让哥哥姐姐教他在学校里学到的知识，但很少再跟爸爸妈妈提送他去上学的事。

妈妈心疼陈景润，悄悄和爸爸商量："景润那么爱读书，就让他去上学吧。"

爸爸为难地说："我一定会送他去读书的，但家里现在的情况你也知道，我们实在没有多余的钱再让一个孩子去读书了。景润还小，稍微缓一缓吧，让我再想想办法。"

听到爸爸妈妈的谈话，陈景润只能坐在角落里流泪。他不知道还能对谁说，自己最大的愿望就是读书。

后来，陈景润经常往学校跑。他每次都装作过路，然后慢慢从校园外走过，校园里琅琅的读书声在他耳里就像天籁一样，能让他痴痴地在那里站好半天。

"喂，小家伙，你在这儿干什么呢？"一天，传达室的老伯又看到这个常常呆站在校门口的男孩，忍不住上前拍了拍陈景润的肩膀。

陈景润小声说："我……我想上学。"

老伯笑了起来："你这小家伙，真有意思，想上学就跟你的父母说嘛，让他们送你来不就行了？"

陈景润轻声说："可……我家没钱。"

这时，一个男老师正好走出校门，看到站在门口的一老一小，就问陈景润："你有什么事吗？"

"我要读书。"陈景润倔强地抬起头。

男老师笑了："哦，说说看，你为什么要读书？"

陈景润怔了一下，摇摇头说："我说不好，我只知道读书的时候我很快乐。我喜欢读书！"

男老师问："你都读过什么书？"

陈景润想了想说："哥哥姐姐的课本我都读过，家里能找到的、我能看懂的书我也都读过。"

"谁教你认字的？"男老师问。

陈景润自豪地说："我爸爸，还有我哥哥姐姐。哥哥姐姐每天放学回家后都会教我认几个字，他们教的每一个字我都会写。老师，您要是不信，可以考考我。"

正说着，有个人迎面走来，冲着男老师挥了挥手。男老师低头摸了摸陈景润的小脑袋，说："小

家伙，真厉害！要想读书，就让你的家长送你到学校来吧。我还有事，先走了。"

看着男老师的背影，陈景润愣了好久，然后突然大声喊道："老师，我要读书！"

数学比游戏有趣

盛夏时节,孩子们都喜欢泡在池塘里,清凉的水让燥热的世界变得安宁而舒适。

几个男孩折下柳枝,做成凉帽戴在头上。他们把整个身子藏在水里,只露出半个头。从池塘上空飞过的鸟儿以为这是漂浮在水面上的草窝,有时会停在上面,轻轻啄一啄柳叶。

当鸟儿停下的时候,男孩们就突然跳起来,伸手向鸟儿扑去。鸟儿吓得扑棱着翅膀,猛地飞向空中。池塘里的孩子一边对着鸟儿泼水,一边高兴得哈哈大笑。

陈景润不喜欢去池塘里玩水,他喜欢安静,总是想办法躲开吵吵嚷嚷的伙伴们。有时,他被哥哥硬拉到池塘边，最多也只是把脚放进水里，用脚趾轻轻地划几下，然后趁大家不注意时悄悄起身回家。

只有在玩捉迷藏这种游戏时陈景润才会积极一些，因为捉迷藏不用和其他人进行交流，只要自己躲好就行了。

这一天，一群小伙伴来到陈景润家的院子里，大家叽叽喳喳地聊了一会儿后，有人提议："我们来捉迷藏吧。"

小伙伴们都同意了，可是，谁也不愿意做找人的那个。陈景润的哥哥陈景桐拿出一副竹片做成的七巧板，对大家说："每人都试一下，一分钟里拼出一个数字就过关。要是拼不出来，那就找人。"

"不就是拼七巧板吗？这还不简单？"胖胖的福庆第一个拿过七巧板，自信地说，"快，给我计时。"

陈景润家有一个老旧的闹钟，陈景桐拿出那个闹钟，开始计时。福庆拿了三片竹片拼出了一个"1"，得意地举着手说："这么简单，根本不需要一分钟。"

陈景桐笑了起来:"没那么简单,我的条件是七片竹片都要用到。"

这副七巧板陈景润和哥哥玩过很多次,他知道许多种玩法,于是连忙说:"我来,我来,我会。"可他太小,声音又轻,谁也没搭理他。

福庆不服气地说:"这些竹片长长短短都有,根本不可能拼出来。"

陈景桐拿过竹片,很快拼出了"1,2,3,4,5,6,7,8,9"几个数字,大家都拍起手来。

福庆只好认输:"好吧,你们去藏,我来找。"

福庆把脸贴在板壁上,开始大声数数。大家都往屋外跑,陈景润却往屋里走。原来,刚才他已经观察过,墙角的衣架上挂了一件哥哥的旧衣服,那件衣服很宽大,瘦小的他藏在后面的话没人能看到。

福庆开始寻找了。他先走进屋里,蹲下身看了看桌子下面,又推开里屋的门看了看,什么也没发现,就跑出了屋子。

陈景润在哥哥的衣服后面站了很久,他一动也不敢动,生怕自己被发现。不知又过了多长时间,

数学比游戏有趣

陈景润的脚有些酸麻了,他想,要是手里有一本书就好了。

终于,院子里热闹起来——阿兴被抓住了。福庆紧紧拉着他的衣袖不肯松手,阿兴不高兴地说:"放开我,你已经抓住我了,我不会跑的。"

福庆昂着头说:"哼,我要让所有人都看到才放手,差一个也不行。"

陈景桐点了点人数,发现唯独陈景润不在,他喊道:"景润,你赢了,快出来!"

看到陈景润从屋里走出来,福庆瞪大了眼睛:"刚才我找过屋里啊,怎么没看到你?"

陈景润笑着说:"我躲在哥哥的衣服后面。他的衣服宽大,我个子小,所以你没看到我。"

陈景桐跺着脚说:"你这个笨蛋,你把藏身的地方说出来,下次就不能躲在那里了。"

陈景润张大嘴看着哥哥,心里责怪自己,他怎么就没想到呢?但他马上想到了另一个问题:躲藏太久,很浪费时间,下次一定要拿上一本书,可以在藏起来的时候看书。

这一轮该阿兴来找了。阿兴趴在板壁上数数的时候，大家都跑出了院子，陈景润又蹑手蹑脚地向屋里走去。上次他藏在衣服后面时，发现里屋的衣橱后有一块窄窄的空当儿，刚好够他侧着身子挤进去。

屋顶上有一块亮瓦，光线能从那里透进来，所以衣橱后面并不是很暗。陈景润小心地打开刚进屋时带来的一本书，仔细地读了起来。

不知过了多久，外面又热闹起来，一定是有人被捉住了。陈景润想出去，但又觉得这本书实在好看，不舍得中断。就在他不知道该出去还是该留下时，外面又传来了数数的声音，新一轮游戏开始了。

陈景润想：现在肯定不能出去了，不如继续看书吧。

这天，小伙伴们玩了一个下午的捉迷藏，陈景润则在衣橱后面看了一个下午的书。吃晚饭的时候，哥哥和姐姐惊讶地问："你下午到哪里去了？"

陈景润笑着说："我躲在一个你们所有人都找不到的地方。"

"你在那儿躲一个下午不难受吗？"姐姐问。

陈景润笑着说:"不难受,我看了一本好玩的书,特别有意思。对了,我问你们一个问题,古时候一斤橘子多少钱?"

"这不是卖橘子的人说了算吗?这算什么问题?"妈妈笑了起来。

爸爸沉默了一下,回答道:"256钱。"

陈景润叫了起来:"爸爸,您怎么知道的?"

爸爸拿过纸笔,在上面写出一个算式,解释道:"古时候1斤等于16两,1两等于16钱,16乘以16,1斤就等于256钱。对不对?"

陈景润连连点头:"书上就是这样写的。是不是很有意思?"

"你看的什么书啊?"哥哥和姐姐问。

陈景润拿出一本《古代趣味数学》晃了晃:"就是这本,我觉得数学比捉迷藏好玩。"

田埂上的数学课

陈景润终于有机会上学了。

爸爸把他送进了福州三一小学。这是一所教会学校,和一般的私塾不一样,学校里会教授语文和算术等课程。

陈景润终于有了自己的书包,他的书包里不仅有教科书,还有一块石板和一个石砚台。书包虽然很沉,但陈景润丝毫不觉得重。

他每天早早地来到教室,等着老师上课。上课的时候,他专心听讲,即使已经懂的内容也耐心地再听一遍。下课的时候,大家都在外面打闹,只有他安静地坐在教室里看书。放学以后,大家都走了,他还趴在桌上写字。

班里有几个调皮的孩子看陈景润衣着破旧，平时很少说话，就常常欺负他。他们走过陈景润身旁时，故意把他桌上的书扔到地上，或是在他经过的时候伸出脚把他绊倒。

陈景润起初还跟他们争吵，但常常他一个人说话，对方好几个人一起反击。有时说不了几句，那些孩子挥拳就打，瘦弱的陈景润毫无还手之力，常被打得鼻青脸肿。老师询问的时候，那几个同学都瞪着他，陈景润只能说是自己不小心碰伤的。几次之后，陈景润发现自己寡不敌众，只好看到他们就躲得远远的。见陈景润躲着他们，这几个同学就变本加厉地欺负他。

有一次，他们在放学回家的路上抢了陈景润的书包，把他书包里的东西全都倒在了地上，又把他的书包挂到树枝上。他们以为陈景润一定会气得跳起来，但令他们没想到的是，陈景润一句话也没说，走过去拿下书包，慢慢地把书包收拾好后离开了。几次以后，这几个同学觉得没什么意思，也就不再欺负他了。

因为家里穷，陈景润常常穿哥哥姐姐穿过的衣服，学习用具也是能省就省，很少买新的。有一次，陈景润打扫教室卫生的时候，发现教室的墙角里有几个短短的铅笔头。他觉得这些铅笔头虽然短，但用力握住还能写字，就这样扔掉太可惜了，便捡起来放在讲桌上，希望有人来认领。

第二天，第三天，一直没有人来认领。陈景润问老师："这些铅笔头没人要，怎么办？"

老师随口说："扔了吧。"

陈景润沉默了一下，伸出手小心地拿起铅笔头，走出了教室。他没有把它们扔掉，而是放进了自己的书包里。

第二天上课的时候，陈景润拿出一个铅笔头开始写作业。坐在他前面的一个同学回头看到他手里的铅笔，惊讶地问："你怎么用我扔掉的铅笔？"

陈景润坦然地说："我看它还能用就没有扔。你还要的话，我就还给你。"

那个同学还没说话，旁边坐的几个调皮鬼就对着陈景润喊了起来："小气鬼！捡垃圾！"

他们在校园里叫了一整天，陈景润都没有搭理他们。放学的时候，这几个同学还一直跟在陈景润身后不停地喊:"小气鬼!捡垃圾!"

路过的人都惊讶地看着他们,陈景润心中气恼,只顾低着头往前跑。就在他跑过一条田埂的时候,因为两眼只看着脚下,不小心一头撞在了一个人身上。

"哎哟,你怎么走路的!"被撞的人生气地喊道。

陈景润连忙道歉:"对不起,对不起,我不是故意的。"

被撞的是一个老大爷,看到陈景润慌乱的样子,他叹了一口气说:"唉,你们这些小学生整天在学校都学了些什么?就知道玩闹!"

跟在陈景润身后跑过来的一个男孩不服气地说:"我们学了很多东西的,不信的话您可以考我们。"

老大爷坐到一块石头上,笑着说:"好,我就考考你们。鸡和兔子关在一个笼子里,上面有35个头,下面有94只脚。请问鸡有多少只?兔子有多少只?"

一个男孩抢先回答:"这还不简单,数一数不就知道了?"

老大爷大笑起来:"哈哈,这个鸡兔同笼的问题你们要是答不上来的话,就是一群糊涂蛋。"

几个男孩拿出作业本,一边商量,一边在本子上涂涂画画,谁都没有算出来。

陈景润想了想,捡起一根树枝在地上列出几个算式,对老大爷说:"鸡有23只,兔子有12只。"

老大爷惊喜地问:"你是怎么算出来的?"

陈景润说:"有35个头,说明鸡和兔子一共有35只。鸡有两条腿,如果把兔子的前腿绑起来的话,兔子也是两条腿,鸡腿和兔腿的数量就是35乘以2等于70。但总共有94条腿,那么94减去70得到的24就是兔子的腿。现在兔子被绑住了两条腿,所以只要24除以2就知道兔子有12只,35减去12等于23,就是鸡的数量。"

"等等!我算一算腿的数量对不对。"一个男孩喊了起来。他在作业本上算了好一会儿,才抬起头问陈景润:"你怎么能想到要把兔子的前腿绑起来呢?"

陈景润睁大了眼睛,问:"你还有更好的办法吗?"

那个男孩摇了摇头。老大爷赞许地对陈景润说:"后生可畏啊!没想到你小小年纪就能答出这个题目。孩子们,刚才我的话说错了,你们都是爱学习的好孩子,好好学吧!"

欺负陈景润的几个孩子目瞪口呆地看着他,一个孩子小声说:"陈景润平时看起来傻乎乎的,可做数学题的时候一点儿也不傻,感觉他做题就跟玩似的。"

陈景润笑着说:"爷爷,您还有其他好玩的题目吗?"

老大爷想了想,说:"好,那我再问你一个百鸡问题。公鸡每只5文钱,母鸡每只3文钱,3只小鸡1文钱,现在要用100文钱买100只鸡,这100只鸡里公鸡、母鸡和小鸡各有多少只?"

"这个好像比刚才那个还要难。"男孩们抓耳挠腮地想了半天,还是没想出答案,于是都把目光投向陈景润。

陈景润用一根树枝在地上画来画去,但这一次他许久都没说话。一个男孩悄声说:"可能他也算不出来吧。"

太阳已经偏西了,夕阳给大地涂上了一层橘红的光芒。老大爷站起身说:"这个题目确实比刚才那个难,我告诉你们答案吧……"

"不!"陈景润抬起了头,"让我再算一算。"

老大爷摸了摸陈景润的头说:"你们还太小,有些问题解答不了很正常,以后慢慢就明白了。"

陈景润虽然有些沮丧,但他还是用脚擦去写在地上的算式,认真地听老大爷解答。

老大爷说:"这道题有很多个答案,我知道三个。第一个答案:公鸡4只,母鸡18只,小鸡78只。第二个答案:公鸡8只,母鸡11只,小鸡81只。第三个答案:公鸡12只,母鸡4只,小鸡84只。"

"一道题还能不止有一个答案?这太神奇了!我一定要努力学习,争取做出更多这样的题目。"陈景润拉住老大爷的手,"爷爷,谢谢您。明天您还到这里来吗?我想跟您学习。"

其他几个同学也抢着说:"爷爷,您好像比我们学校的老师都厉害啊,我们要跟您学,您就在田埂上给我们上数学课吧。"

老大爷笑呵呵地说:"我可教不了你们,我知道的数学题就这几道,你们还是在学校好好学习吧。不过我知道,学习和种地一样,可不能偷懒。只要肯下功夫,种下去的种子就能发芽,就会有收成。你们现在好好学习,将来一定会有出息的。"

"陈景润,要不你来教我们吧?"一个男孩突然转向陈景润,"以后放学了,我们就到这里来,你给我们讲数学题。"

陈景润怔了一下,挠了挠头:"不如以后放学了我们就到这里来学习吧!大家去找好玩的数学题目,我们一起解。"

另一个男孩慢慢垂下了头:"我连学校老师布置的作业都做不出来,这些题目还是算了吧。"

陈景润连忙说:"没关系,我们就当是在玩游戏,一点儿一点儿慢慢来。"

大家发现,只要一讲到数学题,平时木讷的陈景润就神采飞扬,滔滔不绝,像是换了个人一样。他演算习题时的神情就像是在研究一件件珍宝,专注而认真。那几个以前总爱欺负陈景润的同学,对这个穿着破旧、不爱说话的男孩越来越钦佩了。

路灯下夜读

自古以来，中国人信奉多子多福，陈家也不例外。陈景润的爸爸妈妈一共生了十二个孩子，活下来六个，陈景润因为在堂兄弟中排行第九，大家都叫他九哥。哥哥和姐姐比陈景润大八九岁，陈景润下面还有一个弟弟和两个妹妹。爸爸妈妈平日里忙着照顾年幼的弟弟妹妹，常常忽略了陈景润。陈景润有时觉得自己被冷落了，像是家里多余的人。每天放学回家做完家务，写完作业后，陈景润很少和大家聊天，总是默默地待在一旁。

爸爸养了一只大乌龟，每天下班回来就给乌龟喂食、清洗。白天，乌龟缩着头，躲在阴凉的地方。但好动的孩子们总能找到它，把它推到院子中央。

有时，弟弟妹妹们会坐在乌龟背上，让乌龟往前爬。乌龟本来就爬得很慢，背上再坐了人，几乎无法动弹。孩子们便不停地驱赶着乌龟，在院子里大呼小叫。每当这个时候，陈景润就躲到二楼去。他可以在楼上静静地坐一天，谁也不知道他在想什么。

后来，弟弟妹妹们换了一种玩法，比赛谁能在乌龟背上站的时间长。最小的妹妹喜欢拉着陈景润一块儿玩，虽然不是很愿意做游戏，陈景润还是会努力在乌龟背上站得久一些。但即便如此，常常都是他第一个从乌龟背上下来。

看着弟弟妹妹们嘻嘻哈哈地爬上乌龟背，开心地大笑，陈景润觉得有些无聊，他不太能理解为什么他们站在乌龟背上就那么高兴。

"这个孩子有些孤僻，不爱说话，今后……"妈妈有时会有些担心。

爸爸知道陈景润爱看书，爱学习，就安慰妈妈："别担心，景润虽然不怎么爱说话，但他做事很专注，我看他将来会有大出息。"

看着瘦弱的陈景润每天都在埋头学习,妈妈暗暗想,一定要对他多照顾一些。

家里的饭菜比较简单,常常只是白粥就咸菜,有时会加一条鱼。每次做好饭,不等大家到齐,陈景润就先吃了起来。他总是盛一碗粥,随便夹一点儿咸菜,三口两口吃完就看书去了。对于陈景润来说,吃什么、怎么吃并不重要,只要能填饱肚子就行。他总是吃最简单的饭菜,以省下时间去看书学习。

妈妈从不责怪陈景润不等大家,她总是轻声提醒他:"吃慢一点儿,吃慢一点儿,别噎着。"

因为过多的生育和繁重的家务,妈妈的健康每况愈下,但家里却拿不出钱给她治病。每次生病,妈妈都强撑着,或是找医生开一点儿便宜的药,在床上躺着休息几天,身体稍一好转,就赶快起来继续干活儿。

陈景润很担心妈妈的身体,却不知道该怎么办。他只能尽量让妈妈少为他做事,少为他操心。

陈景润穿的是哥哥穿过的旧衣服,但他从不抱怨,只要妈妈不用熬夜做新的就行。过年的时候,妈妈会为陈景润做一双布鞋,但陈景润舍不得穿。他常年光脚穿着木屐。这种木板做成的拖鞋走路时会发出咔嗒咔嗒的声音,只要听到响亮的木屐声,妈妈就知道是陈景润来了。

陈景润虽然看上去孤单瘦小,但他的内心却是丰盈的。书给了他另一个世界,那个世界更为辽阔,更为丰富。他每天沉浸在书本中,对周围发生的很多事情都不关心。

一天,妈妈在陈景润的饭碗里放了一勺淡黄色的东西,陈景润疑惑地问:"这是什么?"

妈妈笑着说:"蜂蜜,你尝尝。"

陈景润用筷子挑了一点儿放进嘴里,惊喜地说:"甜的,好吃。您做的吗?"

妈妈拿出一个罐子说:"这是蜜蜂酿造的。"

"蜜蜂,就是外面飞来飞去的那些蜜蜂吗?"陈景润瞪大了眼睛。

妈妈点点头:"对,油菜开花的时候,果树开花的时候,蜜蜂就忙起来了。只要有花,它们就采花酿蜜,一刻也不闲着。"

后来,在一丛灌木前看到蜜蜂的时候,陈景润不由得站住了。蜜蜂那么小，却能酿造甘甜的蜂蜜，真是不容易啊！陈景润感叹着，更加仔细地观察蜜蜂，他想知道蜜蜂是怎样酿蜜的。可是看了很久，只看到蜜蜂从这朵花飞到那朵花，不停地飞舞，却看不到蜜蜂是怎样酿制蜂蜜的。

虽然没有看到蜜蜂酿蜜，但陈景润从此对这种昆虫多了一份喜爱。弟弟妹妹们在院子里踩乌龟玩的时候，他就在一旁看蜜蜂。在陈景润的眼里，这些嗡嗡叫着飞来飞去的蜜蜂比乌龟有意思——它们虽然小，却能把花粉变成花蜜，让人们享受到甜美的蜂蜜。陈景润不禁感叹，这个世界一定还有很多神奇的、自己不了解的事物，而要想知道得更多，除了努力学习，他想不出其他更好的办法。

陈景润把白天所有能利用的时间都用来看书了，可他还是觉得不够。每天晚上，家里的几个孩子一起在昏暗的煤油灯下做功课。陈景润的视力不好，只能模模糊糊地看到书上的字，但他不好意思把煤油灯往自己这边挪，每天一做完作业就收拾起书包，离开煤油灯。

一天晚上，大家都睡了。妈妈听到外面的屋子有声音，就悄悄起身去查看。借着屋外暗淡的光线，妈妈看到陈景润带上门出去了。她赶紧叫醒陈景润的爸爸："景润出去了，你快去看看。"爸爸急忙穿上衣服跟了出去。

夜晚的街道很安静，路上一个人也没有，只有远处一盏昏黄的路灯亮着。那时候，福州虽然已经有了电力公司，但由于供电不足，灯光还是很微弱。瘦小的陈景润就站在那盏路灯下，正捧着一本书专心地读着。爸爸在离他不远的地方停下来，静静地看着他。

陈景润并没有发现爸爸，他完全沉浸在书里，有时忍不住轻声读出来，有时会心地笑一笑。见他看得那么入迷，爸爸明白了，原来陈景润是不想打扰家里人，也不想用太多煤油，于是干脆跑到路灯下来看书。

爸爸想了想，没有上前叫他，而是转身回去了。他对正在家里担心的妈妈说："放心吧，景润是去看书，不是做坏事。"

"夜里凉，千万别冻着啊！"妈妈又有了新的

路灯下夜读

担心。

第二天晚上,陈景润和平时一样,做完作业后,收拾好书包坐在一边。妈妈对他招招手,让他到楼上去。

陈景润上楼后,看到妈妈手里拿了一件厚厚的棉袄,就问:"还没到冬天呢,怎么就要穿棉衣?"

妈妈拿着棉袄在他身上比画着,轻声说:"陈家人都爱读书,你爷爷说过,'诗书传家久'。你爸爸和他的几个兄弟都爱读书,后来才有机会获得了今天的工作。读书是一生的事情,不能急于一时。你要注意身体,如果看坏了眼睛,弄坏了身体,那再好看的书也不值得看。"

"嗯,我记住了。"陈景润接过棉衣下楼去了。

夜深了,大家都睡了,陈景润披上棉衣,又悄悄带着书出去了。

为了方便阅读,陈景润常常把书拆开,一页一页放在衣袋里,有空就拿出来读一读。妈妈给他洗衣服的时候,都会先仔细地掏一掏衣袋,因为如果不留神把他的书页洗掉了,陈景润会难过好几天的。

陈景润日夜苦读,慢慢地,课堂上老师教授的内容已经不能满足他了。他每天坐在教室里,听老师讲那些他早已明白的知识,心里很苦恼。老师见陈景润上课不专心,就问他:"你有什么问题吗?"

陈景润连忙摇头说:"没有没有,什么问题也没有。"

回家以后,妈妈看他垂头丧气的样子,悄悄对爸爸说:"景润好像有心事,你去问问。"

在爸爸的再三追问下,陈景润终于说出了实话,他满脸愁容地问爸爸:"有没有哪个学校不用一级一级上学,可以直接上五年级?"

爸爸没有说话,只是沉思着,摸了摸他的头。

暑假结束了,爸爸带着陈景润去学校报到。看到爸爸径直朝着五年级的教室走去,陈景润连忙在后面喊:"错啦!错啦!"爸爸却像没听见一样,只顾大步往前走。

这时,五年级的老师走出教室,笑着对陈景润说:"你就是陈景润吗?欢迎来到五年级。"

陈景润又惊又喜,他看看爸爸,连忙对老师鞠了个躬,又转身站在教室门口对着爸爸傻笑。

爸爸慈爱地在他的头上拍了拍:"现在你的愿望实现了,好好学习吧。"

陈景润连连点头:"我会的,我会的。我一定会好好学习。"

求学三元

一九四三年,日本侵略者对福州发动了一次又一次的攻击,整个福州都陷入了战争的恐慌中。很多人离开了福州,到乡下或其他地方去避难。恰巧这时,陈景润的爸爸接到一纸调令,要到三元县邮政局去担任局长。爸爸决定带着全家一起搬过去。

三元县位于福建省中部偏西的地方,东南紧邻戴云山脉,西北靠着武夷山脉,还有一条名叫沙溪的河穿过整个县城。

陈景润一家人带着很少的行李辗转来到了这座小城,住在临时的邮电局里。连日的奔波劳累,使陈景润和妈妈都患上了肺结核。瘦弱的陈景润看着妈妈咳出了血丝,心里十分着急,甚至忘记了自己也生着病，只希望妈妈赶快好起来，不要这么痛苦。

爸爸安顿好家人后就开始忙工作，但他没有忘记要给陈景润找一所好学校。他抽空来到三元县三民镇中心学校，请求校长让陈景润插班。当爸爸说明情况后，校长欣然同意了。

得知自己可以去上学，陈景润的病立刻好了一半。他又休息了两天，就背着书包上学去了。

陈景润很快适应了三元县的生活，这里虽然没有福州繁华，学校的设施也很简陋陈旧，夜晚路上也没有路灯，但没有战争的侵扰，不用担忧战乱，可以安静地读书。

陈景润上了六年级，功课比原来难了很多，但他并不畏惧。只要老师讲了新课，他都会反复读书做题，直到牢牢掌握才安心。遇到不懂的问题，他就向老师提问，一定要问到完全弄清楚为止。虽然到这个学校的时间不长，但老师们都喜爱这个学生。

第二年，日本侵略者开始对福州周边的地区进行轰炸，三元也没能幸免——这个偏僻的世外桃源也不安宁了。

一次，学生们正在上课的时候遇到了轰炸，日本飞机在学校附近扔下了一枚炸弹。炸弹爆炸像是地震一般，教室也跟着震动起来，老师急忙带着学生们向校园后的山上跑去。

老师一边带着学生跑，一边清点学生的人数。突然，他发现陈景润没在学生的队伍里。老师焦急地大喊："陈景润！陈景润！你在哪里？"

这时，只见一个瘦小的身影从山下急匆匆地跑过来，正是陈景润。原来，在大家往外跑的时候，陈景润却忙着收拾书本，把书包收拾好背在身上后才往外跑。

老师生气地问："你不要命了？书包重要还是你的命重要？"

陈景润知道自己做错了，连忙小声道歉："对不起！我下次快一点儿。"

后来，在保证撤离速度的前提下，陈景润每次还是会坚持带着书。大家在山坳里说笑聊天，或是睡觉，只有陈景润独自坐在一边看书。看着这个不愿意浪费一分一秒的学生，老师不知道是该鼓励他

求学三元

还是批评他。

一九四四年七月,陈景润小学毕业了。三元县没有中学,小学毕业生只能到邻近的沙县或是南平县去读中学。看到有同学到沙县去上中学,陈景润也想去,但他知道沙县当时也不安宁,家里人肯定不会同意。

爸爸觉察到陈景润的担忧,安慰他说:"我们正在筹办三元县立中学。如果学校办起来,你就可以在家门口上中学了。"

可是,直到年底,学校也没有筹办起来。陈景润虽然心里着急,但也不想让家人为他担惊受怕,所以从不在家人面前提起这件事。他每天在家跟着爸爸学英语,早晨依然早早起来读书。

时间过得很快,转眼就到了春节。这是陈景润一家人第一次在三元过年,大家依照着三元的风俗,打扫房屋,准备年货,大年三十那天一起吃了一顿丰盛的年夜饭。

但这个除夕让陈景润最高兴的不是拿到了压岁钱,而是爸爸告诉他,过了年,正在筹办的三元县中学就要招收第一批学生了。

爸爸兴奋地说："江苏学院的很多老师和大学生也到三元来避难，他们正好可以成为学校的老师。为了让你们这批毕业半年的学生尽快上中学，学校决定春季就招生。"

听到这个消息后，陈景润高兴得一夜没睡。他翻来覆去地想：中学会学什么课程呢？那些去沙县上学的同学已经学习了半年，自己现在才开始学习中学的课程，能赶上他们吗？

几天以后，陈景润重新背上书包到学校去了。原来跑到沙县去上中学的几个同学，看到家门口也有了中学，竟然跑回来和他们一起重新学习。

陈景润学得比原来更用心、更努力了，但期末考试的成绩却令他非常失望：初一上学期各科成绩平均分只有65.2分。看着成绩单，陈景润很是郁闷，晚饭只吃了几口就放下了碗筷。

妈妈安慰他："别着急，你有半年时间没去上学，不能和其他同学比。好好利用这个暑假的时间，只要你努力，成绩慢慢会上去的。"

在暑假整整一个月的时间里，别的孩子玩耍和休息，而陈景润却和平时上学一样，没有休息一天。

每天早晨起床后,他先读一会儿书,然后提着水桶去打水。把家里一天要用的水都打回来后,他就拿出课本开始学习。午饭后,他要帮助妈妈做一些家务,要带弟弟妹妹们出去玩耍,只有晚饭后才有时间继续学习。

一天,有同学上门约他出去玩,陈景润本想拒绝,但这个同学告诉陈景润,想约他去的地方是岩前镇的万寿岩,据说朱熹等人都曾到过这里。听说是古代读书人常去的地方,陈景润便答应了。

几天后,他们乘车坐船,花了半天的时间来到风景优美的万寿岩。走过曲折的山路,微风轻轻拂过陈景润的脸颊,他微微闭上眼睛,似乎听到了琅琅的读书声。他开心地想:或许,这些古人在读书的时候也和自己一样快乐吧!陈景润暗暗下定决心,一定要更加刻苦地学习。

这个暑假发生了一件大事:日本宣布投降,抗日战争结束了。

陈景润一家还生活在三元县。暑假后,陈景润又恢复了每天背着书包去上学的生活。

经过一个暑假的复习,陈景润对学习有了更多的自信。但他还是无法喜欢语文课、手工课和体育课,只对数学课和英语课感兴趣。

教数学的陆宗授老师知识渊博,授课认真。有一天,陆老师布置了三十三道数学题。同学们都觉得作业太多,纷纷表示这简直是一个不可能完成的任务。

陆老师便对大家说:"你们要是觉得太多,无法完成的话,就挑其中的十道题来做吧。这三十三道题都是本单元的基础练习题,你们选哪道题都可以,明天上课的时候把作业交给我。"

第二天交作业的时候,除了陈景润以外,全班同学都只完成了十道题,陈景润在作业本上认认真真地写出了三十三道数学题的运算过程和答案。这件事给陆老师留下了深刻的印象。慢慢地,陆老师发现,这个叫陈景润的学生还真有一股特别的韧劲儿,只要是他想做的事情,他都会拼命去做。

陆老师从此对这个学生多了一份关注,每次陈景润来问问题的时候,他都尽可能详细地解答。陈景润几乎每次下课都有问题要问,陆老师从来都是不厌其烦地给他讲解。

一个晚上,有一道题陈景润苦苦思考了很久也没有思路。他想到陆老师说过,有问题可以随时来问,于是就准备去找陆老师请教。

大哥被他吵醒了,打着哈欠说:"太晚了,不要打扰陆老师休息。"

陈景润笑着说:"陆老师跟别的老师不一样,不会说我打扰他的。"

这天,陈景润和陆老师讨论了大半夜,直到把那道题做出来才回去。

经过一个学期的刻苦学习,陈景润的成绩有了大幅度的提高。英语成绩全班第一,数学成绩全班第二。虽然语文和体育的分数都很低,但总平均分78.7分,和上学期比有了很大的进步。

初二上学期,班上新来了一位语文老师。这个语文老师的教学方法和之前的老师不大一样,教学内容和训练要求都很具体。陈景润渐渐对语文也产生了兴趣,开始认真学习。他的同桌虽然成绩不是很好,但也很刻苦,不懂的地方就向陈景润请教。看到周围的同学都这么努力,陈景润学习更勤奋了，晚上常常在煤油灯下苦读到深夜。

一个学期很快结束，又到期末公布成绩的时候了。这一次，陈景润考了总分全班第一名，原本拖后腿的语文居然考了92分，体育也考了80分。这一年，陈景润被评为优等生。

看着这份成绩单，爸爸满意地笑着说："还以为你是个只会数学和英语的偏科生呢！"

陈景润不好意思地说："才不是呢！我每一科都可以考得很好嘛！"

从一九四三年到一九四七年，陈景润在三元生活了三年多。这些日子在他的一生中只是短短的一段，却为他今后的研究奠定了坚实的基础。

英华"陈布克"

一九四七年一月,陈景润一家又回到了福州。

陈景润一家八口仅靠爸爸微薄的薪水度日,日子过得捉襟见肘。迫于生活压力,哥哥和姐姐都辍学了,爸爸原本想让陈景润也暂时辍学,但陈景润苦苦央求:"让我上学吧,以后我每天只吃一顿饭,放学回来我就帮家里干活儿。"

爸爸考虑了很久,终于还是同意了。他找到福州三一中学的校长,说明了陈景润求学的决心,校长同意让陈景润到三一中学来读书。

进入三一中学后,陈景润白天上学,晚上照顾病重的妈妈和年幼的弟弟妹妹,直到把家务都做完,他才有时间做作业。日子虽然过得辛苦和忙碌，但只要可以上学和看书，陈景润就感到很快乐。

因为在三元的时候患过肺结核，陈景润的身体一直没有得到很好的恢复，显得比同龄的孩子更加瘦小和羸弱，不合身的粗布衣服穿在身上像是挂在架子上。陈景润对生活没有多少要求，饭菜吃什么他从来不挑剔，东西坏了，他总是修修补补后继续使用。他知道家里的生活状况，不愿意为家人增加一点点麻烦和负担。他把吃饭、睡觉、做家务以外的所有时间都用来学习，看书和思考就是他最大的乐趣。

初中还没有毕业，妈妈就因病去世了。妈妈的离开对陈景润打击很大——从此再没有人会关心他吃饭的时候会不会烫嘴，会不会噎着，再没有人会关心他夜晚出门看书会不会着凉了。原本就少言寡语的陈景润更加沉默了，只有沉浸在书里，他才会忘记丧母的哀痛。

初中毕业后，陈景润被英华中学录取了。这是当时福州最好的一所中学，校园的大门上装饰着花环，中间悬挂着"唯我英华"四个大字。英华中学的环境非常优美，校园里有宽大的操场，有很多枝叶繁茂的古榕树，还有一幢白色的图书馆。

这幢藏书丰富的图书馆是英华中学最吸引陈景润的地方，每天只要一走进图书馆，他就忘了身边的一切，觉得自己是世界上最幸福的人。他像是一条小鱼游进了大海，一边惊讶于大海的辽阔，一边尽情地在里面嬉戏玩耍；宽阔的水域让他有了更多新的发现，也有了更多新的思考。

陈景润坐在角落里看书，常常看到很晚。一次，图书管理员没发现里面还有人，就锁上门下班了。等陈景润发现天色已晚，该回家的时候，大门已经被锁上了，他只好在图书馆的地板上睡了一夜。

第二天早晨图书管理员开门时，看到地上躺着一个人，吓得大叫起来。陈景润被惊叫声唤醒，不好意思地笑笑，起身上课去了。

陈景润借的书很杂，只要是没看过的书，不论什么学科他都会借来看。《微积分学》《达夫物理学》《高等代数引论》《郝克士大代数学》《实用物理学》《实用力学》等专著就是在那个时候读完的。有的书他一时不能读懂，就过一段时间再借出来研究。《微积分学》他就借阅过两次,其中的数学问题让他很着迷。

因为整天埋头看书,陈景润练就了惊人的记忆力。有人不相信,专门去找陈景润,要考考他。陈景润自信地说:"我可以背出数学课本里的每一道题。"大家拿出数学书,随手翻开一页就问陈景润,无论大家问的是哪一页的题目,陈景润都能对答如流。

有一次,化学老师要求学生把一本书背下来。同学们都觉得不可能,只有陈景润说:"这个很容易,只要多花些功夫就可以记下来。"果然,过了几天,陈景润就把整本书都背下来了。同学们很钦佩他,有同学还给他取了一个绰号,叫"陈布克"(布克,是英文单词booker的音译),意思是可以当书用的人。

一个能把整本书背下来的人不一定是个非常聪明的人,但一定是个异常勤奋的人。与陈景润相处久了,大家便不再叫这个衣着破旧、沉默寡言的同学书呆子,而是亲切地叫他陈布克。越来越多的同学遇到不懂的问题就去找他,因为陈景润总会耐心地一一为大家解答。如果他自己也不懂，就坦诚地说不知道，然后继续去查资料，寻找解决办法。

"我读书不满足于读懂，而是要把读懂的东西背得滚瓜烂熟，熟能生巧嘛！我国著名的文学家鲁迅先生把他搞文学创作的经验总结成四句话：静观默察，烂熟于心，凝神结想，然后一挥而就。当时我走的就是这样一条路子，真是所见略同！当时我能把数、理、化的许多概念、公式、定理一一装在自己的脑海里，随时拈来应用。"陈景润曾经在一篇文章中写道。

正是这样的付出和积累，才为他后来的研究打下了坚实的基础。

英华中学教过陈景润的几个数学老师都是有名的严师，他们对学生的培养从不局限在课堂内的教学，而是更注重培养学生的学习习惯和思考能力。陈金华老师就是其中的一位，陈景润经常向他请教数学问题。

每天傍晚放学后，陈景润都要再向陈金华老师请教几个问题。陈老师看到陈景润对数学有浓厚的兴趣，就指导他看了许多参考书。陈景润看书很快，他几乎看完了学校图书馆里所有和数学有关的大学教材，又从陈老师那里借书看。陈老师把自己的藏书《集合论初步》《微分学问题详解》等借给陈景润，让他在数学方面进行了超前的学习。这些书的内容超出了中学的学习难度，但陈景润毫不畏惧，他津津有味地一读再读，不懂的地方就去向老师求教。

战争时期，不少人到福州来避难，学校也因此有机会请到很多知名学者和专业人士任教，沈元教授就是其中的一位。沈元是留英博士，清华大学航空工程学系主任。一九四八年他回到福州为父亲奔丧后，因为战争使得南北交通中断而暂时留在了福州。

沈元老师非常博学，而且愿意给中学生上课。他在课上很喜欢给学生讲一些和数学有关的故事，不喜欢数学的同学都听得津津有味，陈景润就更入迷了。

有一次，有同学问："沈老师，我们现在学的都是外国人研究出来的数学定理，中国人有数学定理吗？"

沈元老师肯定地说："有。我国有一本古籍《孙子算经》，里面记载了一个余数定理，这就是中国首创的一条定理。据说，韩信大将军曾经用它来点兵，后来传到西方，被称为孙子定理。"

沈元老师说完，就出了一道"韩信点兵"的数学题给大家做。当大家还在埋头演算的时候，陈景润已经举起了手。沈元老师示意他说出答案，陈景润小声说："53。"

全班哗然，很多人不相信陈景润那么快就算出了结果，沈元老师也饶有兴味地问他："说说看，你是怎么算出来的？"

陈景润的脸红了，他嗫嚅了一会儿，问："我……我可以在黑板上写出来吗？"

沈元老师点点头。陈景润连忙走到黑板前，飞快地写下自己演算的步骤。于是沈元老师指着陈景润的演算步骤，给大家讲了一遍"韩信点兵"的算法。看大家意犹未尽，沈元老师继续说："中国古代有很多有名的数学家，比如写了《数书九章》的南宋大数学家秦九韶，写了《四元玉鉴》的元代大数学家朱世杰。中国人有数学天赋，可是明清以后,我们的研究就落后了。"

大家听了,纷纷议论起来。沈元老师的课让年轻的同学们热血沸腾,大家摩拳擦掌,跃跃欲试,希望能在数学领域有所发现。

一天,沈元老师兴致勃勃地给大家讲了一道著名的数学难题。

据说,当年俄国的彼得大帝要兴建彼得堡,聘请了一大批欧洲的大科学家。其中,有一位意大利的数学家欧拉,还有一位德国数学家哥德巴赫。

哥德巴赫一六九〇年生于普鲁士柯尼斯堡,曾就读于柯尼斯堡大学,学习法学和数学。一七二五年,他定居俄国,成为圣彼得堡帝国科学院的数学教授,一七二八年,担任了彼得二世的宫廷教师。一七四二年,哥德巴赫发现每一个大偶数都可以写成两个素数[①]的和。他对许多偶数进行检验后发现了这一规律。因为这一结论没有经过证明,只能称为猜想,于是,他给欧拉写信,希望他能证明"任何一个大于2的偶数都是两个素数之和"。可

[①] 素数:只能被1和它本身,而不能被其他正整数整除的数,如2,3,7等。

惜，欧拉直到去世也没能证明这个猜想。于是，从这一猜想提出后的两百多年来，很多学者对此进行过研究和讨论。

沈元老师告诉大家，如果说自然科学的皇后是数学，数学的皇冠是数论，那么哥德巴赫猜想就是数学皇冠上的明珠。沈元老师接着说："奇数、偶数、素数、合数的知识小学生都明白，这个猜想描述起来非常简单，但这道题却很难。两百多年过去了，它仍然只是一个猜想。如果有谁能完成证明的话，那可了不得啊！"

同学们都兴奋地议论起来：偶数就是能被2整除的数，不能被2整除的数就是奇数。素数就是除了1和它本身以外不能被其他正整数整除的数，比如2，3，5，7，11。合数就是除1和它本身以外还能被别的正整数除尽的数，像4，6，8，9，10。这些知识我们都知道呀，这有什么了不得的？我们能做出来！

听到大家的议论，沈元老师笑着说："那好啊，我昨天晚上做了一个梦，梦见你们中的一个同学，证明了哥德巴赫猜想，摘取了这颗明珠。"

听沈元老师这么一说，同学们的兴致更高了，他们热烈地讨论着。只有陈景润没有说话，他向来不习惯在大庭广众之下表达自己的愿望和想法。他每天沉浸在自己的世界里，很少和别人交流，也很少表露自己的观点。这一天，是陈景润第一次听到哥德巴赫猜想，这个世界难题从此深深地印在了他的记忆里。

第二天，有几个同学拿出作业本，对沈元老师说："老师，我们证明出哥德巴赫猜想了。"

沈元老师嘿嘿一笑，把他们的作业本拨到一边："我是不会看你们的本子的。你们这么做，就是骑着自行车到月球上去。哥德巴赫猜想没那么简单就能证明出来的，不要白费力气。"

虽然那几个同学不服气，但他们也知道既然是一个世界难题，就没有那么轻易攻克。陈景润没有参与他们的演算，读了那么多的数学专著后，他明白了一个道理：这些看上去很简单的数字里，蕴藏着极为玄妙的规律，而这些规律就像星星点点的沙金，藏在浩瀚的沙漠里，要花费很大的力气才能一点儿一点儿找出来。

厦大"黑衣人"

一九四九年,福州解放了,大街上到处飘扬着红旗。陈景润和大家一起上街欢迎解放军,一起为中华人民共和国的成立而欢呼。陈景润所在的班级被命名为"朝阳班",他和大家一样,对未来有了更多的期望。

然而,因为家庭贫困,父亲没有办法筹集到高三的学费,高二结束后,陈景润辍学了。虽然不能到学校去,但陈景润并没有放弃学习。他借来高三的课本,一有时间就自学。尽管不能坐在教室里,但只要捧起书本,陈景润马上就沉浸在知识的海洋里,专注而努力地去探索未知的世界。

在当时,新中国百废待兴,国家急需培养大量的人才参加建设。一九五〇年五月,中央人民政府教育部发布了《关于高等学校一九五〇年度暑期招考新生的规定》。规定中提到:凡有高级中学毕业的同等学力,而又持有必要的证明者,可报名投考。

陈金华老师看到这项规定后立即通知了陈景润:"你有机会考大学了!"

陈景润不相信,他苦笑着说:"老师,我连高三都没机会上,怎么可能去考大学?"

陈老师连忙解释道:"你虽然没有上高三,但一直在家自学。同等学力的意思就是,尽管你没有高三的学历,但你掌握了高三的知识,就具有相同的能力。我会让学校给你出具一个证明材料,你用这个证明材料去报考。"

陈景润连忙点点头说:"谢谢老师!谢谢老师!我一定好好考。"

几天后,陈景润在陈老师的帮助下,用同等学力的身份报考了厦门大学数理系。距离考试没有多少时间了,报名回家后的陈景润立刻开始准备考试。这是一次能接近自己钻研数学理想的机会,陈景润想，自己拼了命也要抓住它。

家里人都为陈景润有这样一次机会感到高兴，但看到他不分昼夜地复习，又开始为他的健康担心。深夜，每次看到陈景润又悄悄躲在被窝里看书，姐姐都心疼地说："该休息了。"

陈景润总是笑笑说"我没事"，马上又沉浸在书本中。只要捧起书本，陈景润似乎永远不知道什么是疲倦。

考试结束后不久，录取名单就在报上公布了。陈景润成绩优异，被厦门大学和私立福建学院同时录取。陈景润最终选择了厦门大学，可以专门学习自己喜爱的数学让他兴奋不已。

家里人得知他被录取了，都很高兴，但起初家人并不支持他去厦门大学。家里条件不好，如果到厦门去上学，就得添置衣服被子，还要筹集路费；而如果去私立福建学院就近上学，则能省些开支，还能互相照应。再者，当时厦门距离国民党军队控制的金门岛很近，听说那里时常听到炮声，家里人觉得不安全。

可是，那时私立福建学院只有政法、工商、经济和企业管理等几个专业，留在福州读大学就意味着不能读数学专业，不能去研究那些有意思的问题。平时不爱说话的陈景润这一次无论如何都不同意，他倔强地说："只要可以读数学专业，我走路也要走到厦大去。"家里人实在拗不过他，开始为他准备行装。

嫂子拿出自己的积蓄给他做路费，哥哥给了他一件半新的大衣。陈景润就带着这件大衣，提着一个藤编的小箱子和一卷铺盖，踏上了去厦门的求学之路。

虽然新中国已经成立了，但因为邻近国民党占领的金门岛，福建沿海地区依然弥漫着战争的硝烟。为了安全，从福州到厦门的汽车只能走走停停。白天，汽车上插满了树枝做伪装；夜晚，车子不敢开灯，只能在狭窄的山路上缓缓行驶。在坑坑洼洼的路面上颠簸了一周后，陈景润终于到了厦门大学。

厦门大学是著名爱国华侨领袖陈嘉庚先生在一九二一年创办的，是中国近代教育史上第一所由华侨创办的大学。这所学校师资力量雄厚，有丰富的办学经验，先后为国家培养了很多人才。厦门大学的校风严谨，时任校长王亚南要求全校学生必须认真学习。这样的要求对陈景润来说并不特别，他觉得大学就应该这样。进入数学系的陈景润很快就适应了这里的学习和生活。

大学生活开始了，陈景润也开始了每天宿舍—食堂—教室—阅览室的生活，这样的生活就像数学公式一样固定不变。在同学的印象里，他总是穿一件黑色的衣服，戴一顶黑色的帽子，穿一双黑色的鞋，抱着书匆匆走过，像一个神秘的"黑衣人"。有人用十个字来概括陈景润在厦门大学的学习生活，那就是"家境贫困而又醉心学业"。

大学期间的陈景润非常节俭，除了购买生活必需品，他从来都舍不得多花一分钱。学校每周放一次电影，票价是五分钱，陈景润一次也没有去看过。他每个月只用三四元钱的伙食费，每天吃两顿饭，几乎顿顿是馒头和咸菜。他觉得这样既可以省钱，也节约时间。大家劝他注意身体，陈景润却笑着说："饭可以不吃，但书不能不念。"

陈景润很少买衣服，即使买，也是请同学代买回来，有时不合身也不计较。他只买黑色和蓝色的衣服，觉得深色的衣服洗起来容易。洗衣服的时候担心衣服会洗坏，他便把衣服放在水里浸一下，抖一抖就晾晒起来。他把节省下来的钱都买了书和资料，还买了一个手电筒，好在晚上熄灯后看书。

风景秀丽的鼓浪屿就在学校对面，闻名海外的南普陀寺也近在咫尺，但陈景润一次也没有去过。抗美援朝战争开始后，学校出于安全考虑，让全体师生步行三百里到龙岩上课。上课的地方附近有个集市，步行过去只要二十分钟，课间休息时很多人会到那里去逛一逛。陈景润却很少去，他恨不得把睡觉的时间都用来学习，根本舍不得闲逛。有时，他在阅览室看书看得入了迷，连吃饭的钟声也听不到。

龙岩的生活条件很差，几十个同学挤在一个叫"乐逸堂"的祠堂里。屋子小，大家只能睡在一个大通铺上。每天早晨，男同学起来后会到打谷场上打篮球，只有陈景润拿着一本袖珍版的英汉词典到田野里去背。有同学叫他打球，他总是笑一笑走开。傍晚，大家喜欢到田间去散步，陈景润就躲在昏暗的房间里看书。

有一次午饭时间，突然下雨了，同学们从食堂出来后都飞快地往宿舍跑，只有陈景润还慢慢地走在雨里，思考着他正在研究的问题。等他回到宿舍时，全身都湿透了。同学问他："你怎么不避雨？"陈景润这才意识到外面在下雨，他也觉得奇怪："什么时候下的雨？我怎么没感觉到呢？"

厦大数理系很重视外语学习，三年级的一些课程使用的是外文教材，此外还要求学生至少要能阅读一种外文专业书籍。陈景润在中学时英语不错，但口语并不算好，交流的时候难免结结巴巴，于是，他便寻找一切机会提高自己的口语水平。

数理系有一位法国老师沙鹏，不会汉语，讲课的时候用英语。但因为他娶了一个福州姑娘为妻，学会了一点儿福州话。陈景润偶然发现沙鹏老师能说几句福州话后，就大胆地用英语和他交谈，表达不清楚的地方用福州话补充。陈景润常常和沙鹏老师一起走在乡间小道上，用英语夹杂着福州话进行交流。沙鹏老师对数论也颇有研究，俩人经常一聊就是好几个小时。

陈景润的英语口语水平因此而得到了飞速的提高，但他并不满足。图书馆里有不少外语书，他希望自己能读懂更多的书。后来，经过刻苦学习，陈景润又初步掌握了俄语。几十年后，他能用英语和俄语写出多元复变函数论的专著，就来源于大学时的苦读。

大学期间，陈景润抓紧一分一秒的时间学习，贪婪地阅读了大量文献资料。他的口袋里常常装着几张纸、一支笔，有空就拿出来演算。为了省纸，他都是先在糙纸上做运算，然后在好一点儿的纸上写下简单的答案。陈景润把课本上的习题全部做完后，还会再找题目来练习。每天这样学习要花费很多时间，课间休息、吃饭前后、等待开会的零碎时间，都是他的演算时间。有同学邀他打扑克或是聊天，他都摇摇头拒绝了。久而久之，也就没有人来约他玩了。

晚上，虽然寝室里不限制开灯时间，但为了不影响大家休息，夜深后，陈景润就打着手电筒在被窝里读书。这样的习惯一直伴随了他很多年。

陈景润喜欢深入地思考问题，而不是轻易地相

厦大"黑衣人"

信一个结论。凡是数学上没有经过严格证明的,哪怕一般人认为是正确的结论,他也不盲从,一定要自己重新演算。在大学里养成的这个习惯,成了陈景润之后从事科学研究取得成绩的重要条件之一。

看到陈景润如此勤奋,同学们送了他一个外号——"爱因斯坦"。大家觉得陈景润虽然没有科学家爱因斯坦那样的成绩和贡献,但对学业的执着和钻研精神与科学家爱因斯坦是一样的。

有一次,一个同学看到陈景润在埋头演算,就问他:"爱因斯坦,你在算什么?"

陈景润把正在演算的草稿纸递给这个同学,只见纸的上方写着:"三角形两边之和不一定大于第三边。"下面已经密密麻麻写了很多算式。

这个同学哈哈大笑:"三角形的两边之和大于第三边是众所周知的几何定理,你怎么可能否定呢?"

陈景润并不辩解,他拿过草稿纸继续演算,但演算了很长时间都没有得到满意的答案。最终,他去请教了一个研究生,终于明白自己的这次证明是错误的。但陈景润并不后悔,因为经过这次演算,他对这一定理的认识又深入了一步。

学习就是一个不断探索、不断发现的过程，发现自己的错误也是一种进步。

陈景润遨游在数学王国中，并向着数学的顶峰乐此不疲地攀登着，丝毫没有觉得苦和累。他只有一个信念：认真踏实地学习，用自己的所学报效国家。

每一个成功的科学家都有某些共同的品质。他们敢于质疑，敢于探索，能够忍受常人难以忍受的寂寞，以及在科学的高峰上一步步攀登的艰辛。

影响一生的恩师

陈景润这一届学生是中华人民共和国成立后厦门大学的第一届学生,学校对他们的培养非常重视。数理系二年级分组时,陈景润分在了数学组,组里只有四个同学,却有四个教授和一个助教指导他们学习。因为国家急需人才,教育部要求这一届学生提前一年毕业,这就意味着他们的学制缩短了一年。虽然学习时间缩短了,但厦门大学并没有减少课程,还是为四个学生安排了相当于四年制的全部基础课,并为他们配备了最好的老师,由系主任方德植教授、留学日本归来的李文清教授等亲自授课。陈景润在这里遇到了几位影响他一生的好老师。

系主任方德植教授给他们上的是高等微积分和高等几何。方老师学识渊博，上课的时候常常会提到中国古代数学家杨辉和德国数学家高斯，用他们的成就和事迹勉励大家努力学习。

德国数学家高斯出生在乡下一个贫苦的家庭，他的父亲是一家杂货铺的算账先生。在高斯的童年时代，父亲常常会把自己在工作中积累的一些简便算法讲给他听，这使他从小就对数学产生了兴趣。

一天，高斯的老师在黑板上写下一个题目："1+2+3+……+100=？"让学生们自己算。大家还在埋头计算，高斯已经举起了手："老师，我算完了。答案是5050。"

见老师不肯相信他那么快就算出答案，高斯解释说："这个题目的一头一尾两个数相加都是101，总共有50个101，所以答案就是5050。"高斯在十七岁时就发现了数论中的二次互反律，此后更是成为和牛顿、阿基米德齐名的三大数学家之一，被称为"数学王子"。

陈景润对方德植老师讲的这些故事非常着迷，这些数学家的故事鼓舞着他去探求数学王国里的奥秘。他深知，那些让人们羡慕和崇拜的成就，凝聚着数学家们无数的心血和汗水。他告诉自己，一定要更加努力才能有所成就。

方老师常常对同学们说："学数学要打好基础，科学研究必须循序渐进，基础不好就不能有所创造。勤做题是很重要的，但必须掌握两条：一条是要加强对书本中的基本概念和定律的理解；另一条是要训练运算技巧和逻辑推理能力。离开了这两条，数学是学不好的。"

有一次考试，陈景润的成绩不错，但方老师发现陈景润的试卷写得很乱，就把他叫到了办公室。

方老师问陈景润："你都学懂了吗？"

陈景润点点头，不知道老师为什么要这么问。

方老师拿出一沓白纸递给陈景润："你要是懂了，就把这些题目再做一次给我看，写清楚些。"

陈景润拿过那沓纸，飞快地演算起来。很快，他完成了所有的试题，自信地交给老师。

方老师接过去，一个题目一个题目仔细看了一遍，在上面打了98分，然后递给陈景润，问道："知道我为什么要你当着我的面再做一遍吗？"

陈景润疑惑地摇摇头。方老师拿出陈景润的那张试卷说:"今天你回答得全对,但你写得不清楚,字迹混乱,所以扣了2分。如果不是让你在这里再做一遍,你原来这张试卷就不及格了,因为根本就看不清这张试卷写了什么。字要写得让人家看懂,不然以后搞研究出了成果,写不清楚,不会表达,总是个问题。"

陈景润连忙说:"我以后一定写清楚。"

厦门大学的老师就是这样,他们不仅注意传授知识,还在科研态度和方法上对学生们进行培养。教授复变函数论的老师告诉他们,对于一个数学工作者来说,要坚持做到两条:一是打好基础,特别是学好函数论;二是要学会写论文,在前人的基础上积极思考,大胆探索。这个老师的观点深深地影响了陈景润,他开始学习把自己思考的要点记录下来,学习用论文总结自己的发现。

陈景润遇到的另一个良师是李文清教授,他为这一届学生开设的是数论课。李文清曾经留学日本,他深入浅出地给学生们介绍了数论史和日本高木贞治的《初等数论》。陈景润对数论的很多认识都来自这门课,可以说这门课为他打开了一扇瞭望数论领域的窗户。

李文清常常给学生们讲印度数学家斯里尼瓦瑟·拉马努金的故事。在十九世纪末和二十世纪初,西方学者瞧不起东方学者,认为西方智慧比东方高。年轻的拉马努金没有读完大学就到一个税务机关去工作了,他听到这些言论后,暗暗下决心要为东方人争光。他拼命钻研,在包里放一本《微积分》,有空就拿出来演算。后来,他从自己做过的习题里选择了一百二十道题寄给英国剑桥大学著名的数学家哈代,哈代发现拉马努金有一定的数学才能,于是帮助他成了有名的数学家。这个故事对陈景润触动很大,他希望自己也能像拉马努金一样为自己的国家争光,为东方的数学研究做出贡献。

李文清还喜欢给他们讲数论史上未能解决的问题,其中一个问题就是哥德巴赫猜想。从哥德巴赫猜想提出之后的两百多年中,一直都没有人能够完全解决它。李文清对同学们说:"我们班要是有谁能解决其中一步,那就是对世界了不起的贡献。"

同学们都笑了起来,陈景润没有笑。

这是陈景润第二次听到哥德巴赫猜想这个问题，他不清楚解决这个问题有多难，但在学习了更多数学知识，演算了更多习题之后，他有些跃跃欲试。他好像看到远处有一座高高耸立的山峰，正等待着他去攀登。

在老师们的言传身教下，陈景润渐渐明确了自己的理想。他知道，为了实现数学研究的梦想，必须先经过严格训练，打好基础，而最终只有付出常人无法想象的努力和劳动，才能攀上科学的高峰。

对陈景润影响和帮助最大的老师还有厦门大学的校长王亚南。虽然王校长没有给他们上过课，但对于陈景润这个勤奋好学的学生，王校长早有耳闻。

一次，几个同学找到王校长，向他投诉："陈景润不洗脸刷牙，不爱换洗衣服，不按时就寝，也不打扫宿舍卫生，和他住在一起严重影响了我们的日常生活。"

王校长安抚了来投诉的这几个同学后，找来了陈景润。他先问了陈景润的学习情况，然后耐心地对他说："人的一生中有很多重要的事情要做，但首先要做的是照顾好自己。生活要规律,才能有健康的身体。身体好了,才有力气去学习和工作。"

陈景润回去后,在同学们的督促下,开始学着注意个人卫生,遵守作息时间,此后再也没有人投诉他。

不会讲课的老师

一九五三年,由于国家建设的需要,陈景润这届大学生提前一年毕业了。他被分配到北京四中任教,担任数学老师。

有人很羡慕他:"陈景润,北京可是首都啊,你真是太幸运了!"

也有人劝他:"听说北京的冬天很冷,北京人到冬天的时候就要用布把脸捂上,用棉花把耳朵包起来,要不然鼻子和耳朵都会被冻掉。你一个南方人肯定不习惯,还是不要去了吧。"

年轻的陈景润并不畏惧寒冷,他考虑得更多的是,在新的环境中是否能继续研究自己喜欢的数学。在这年冬天的一个早晨,他提着满满一箱书,踏上了开往北京的火车。

北京的冬天确实比南方寒冷,但令陈景润难以接受的不是天气,而是新的工作安排。学校安排他教初中一年级的数学,教学内容虽然简单,但对陈景润来说,却困难重重。

首先,陈景润说一口福建口音的普通话,北京的学生不一定能完全听懂。其次,陈景润没有教学经验,他不知道该怎么把教学内容深入浅出地讲解清楚。还有一个难以克服的困难是,陈景润平时很少说话,多说几句嗓子就会疼。

为了上好第一节课,陈景润花了几天时间准备。他设计了很多种方案,想象自己站在讲台上该如何表现。但真正走上讲台后,原来设计的方案似乎都忘了,脑子里一片空白,只能按照自己的理解往下讲。

讲了一会儿,陈景润的嗓子就火烧火燎地疼。但他不敢停下,他担心停下以后再也没有勇气继续往下讲。虽然是冬天,但陈景润的汗水顺着脸颊一滴一滴流下来,滴落在讲台上。

课上到一半的时候,同学们开始交头接耳,悄悄议论起来。

"这个老师好奇怪，他说的普通话真难懂。"

"他讲的好难啊，课本上好像不是这样写的。"

"如果他一直教我们，那我的数学成绩肯定好不了。"

陈景润听到了他们的议论，但他不知道该怎么制止，也不知道该怎么跟他们沟通。他的语速更快了，心里只希望下课铃声早一点儿响起。

一个胆大的男生站了起来，对陈景润说："陈老师，您的课我们听不懂。您能用普通话讲吗？"

陈景润目瞪口呆地看着他，不知道该怎么回答。

又一个女生站了起来："陈老师，您讲得太深了，我们理解不了。"

更多的同学坐在座位上大声地说出自己的意见，整个教室乱成一团。陈景润手足无措地站在讲台上，在下课铃响起的一瞬冲出了教室。

回到宿舍后，陈景润不停地责备自己："你这个笨蛋！连中学数学都讲不清楚。你没有资格做老师，你真是个笨蛋！"

陈景润觉得所有的问题都是自己做得不够好，

他不敢和其他老师交流，也不知道怎样提高自己的教学能力。每次鼓起勇气走进教室时，他都跟自己说："千万不能像上一节课那样，这回一定要讲清楚。"可是，一站到讲台上，他又变得不自信了，备课时做的方案全都忘了。

一段时间以后，担心、焦虑、长时间营养不良等引起的不适全面爆发，每天下午，陈景润都会发烧。医生诊断后说："你得了肺结核，还有急腹症，必须马上住院治疗。"

陈景润不肯，他央求医生："医生，我不能住院，我下午还有课，我必须马上回去。"

医生告诉他："如果不住院，你会有生命危险。我这就给你的学校领导打电话，我想他们会同意的。"

这一年中，陈景润住院六次，做了三回手术。

医院旁有一家书店，住院期间，他常常趁医生和护士不注意，偷偷溜出去，到那家书店去看书。

有一天，陈景润在书店买到了华罗庚教授的《堆垒素数论》。他把这本书带进病房，医生和护士来查房的时候就把书藏在枕头下面。有了书，住院的日子似乎也没那么难熬了。

陈景润这一年中的大部分时间都在住院,病情时好时坏。他担心自己住院时间太久,学校会辞退他,于是只要有机会,他就恳求医生让他出院。最后一次住院的时候,虽然医生没有同意出院,但陈景润还是收拾好自己的东西回到了学校。

正像陈景润担心的那样,因为长时间离开教学岗位,学校已经请其他老师接替了他的工作。学校给他的建议是:回家养病。

陈景润知道这意味着他可能要失去这份工作,但他不知道该怎么辩解,也不知道怎样才能留下。一九五四年十月,学校最终不再继续聘用他,陈景润收拾好自己简单的行李,回到了福州。

陈景润回家后只说学校让他回来养病,然而几个月时间过去了,都没见他提到任何关于学校或者工资的事。家里人虽然猜到了些什么,但为了不让他难过,谁也没开口问。

家里的经济情况依然不容乐观,弟弟妹妹三人还在上学,再加上陈景润要买药治疗,只靠父亲的工资实在难以维持。

陈景润第一次意识到钱的重要性：有了钱，家人就能够吃得好一点儿；有了钱，就能够治好自己的病；有了钱，就能够让父亲不像现在这样辛苦……可是，自己什么技能也没有，到哪里去挣钱呢？

陈景润苦苦思索了几天后想到，自己这么多年就跟书打交道了，何不摆一个书摊？这样不仅能挣点钱，还可以在守摊的时候看看书。

第二天，陈景润从家里搬出一张小桌子放在街边，从自己这些年买的书里挑了一些，大哥给了他一些书，父亲又凑钱买了一些小人书，他的书摊就这样开业了。可开业好几天，小摊才收入了几毛钱，只勉强够他一天的开支。

看到陈景润坐在街边料理着他的书摊，家里人都很难过。他们想劝陈景润不要摆摊，却又找不到适合他的工作。陈景润却比大家都坦然，他大方地坐在小凳子上，在书摊前专心地看着自己的书。生活的困顿并没有让陈景润觉得难堪，但从此不能再专心研究数学问题却让他痛苦不已，他常常一个人发呆，怀念那些在校园里读书的日子。

大哥看到陈景润总是一个人呆呆地坐着，很是心疼。一次偶然的机会，他遇到了厦门大学的校长王亚南，将弟弟的情况告诉了王校长。得知陈景润的遭遇后，王校长的内心非常不安：在国家急需人才的时候，一个厦门大学的高才生竟然在街边摆摊。王校长意识到，自己有责任让这个学生在合适的岗位上发挥才能。他立刻开始为陈景润的工作四处奔走。

王校长几经周折，花费了近一年的时间，终于把陈景润调回了厦门大学。陈景润到厦大后，王校长专门找到他，问道："你有什么打算？"

谢过王校长之后，不善言辞的陈景润磕磕巴巴地说："我最喜欢的是数学。只要让我研究数学，干什么我都愿意。"

学校安排陈景润到图书馆工作，管理数学系图书资料阅览室。这份工作强度不大，有很多资料可以看，陈景润高兴得连连鞠躬。

为了不让其他人打扰陈景润的研究工作，王校长特意交代图书馆的领导，不要给陈景润安排太多工作，不要过多打扰他，要让他专心研究数学。

不久，学校又安排陈景润在数学系做教学辅助人员，让他能够接触到更多和数学有关的工作。陈景润负责一个班的函数论习题课，在系里的帮助下，他对讲课也不再像以前那样恐惧了。

一个不会讲课的老师是不幸的，但他却幸运地遇到了一个爱惜人才的校长，这让他的才华得以发挥。

几年后，陈景润在数学研究中取得了一定的成绩，中国科学院数学研究所邀请他到北京去工作。王亚南校长十分高兴，鼓励他到北京去专心研究破解数学难题。

多年以后，当陈景润再次回到母校时，王校长已经去世。他回忆起当年的情景时，深情地说："我非常非常想念王校长，非常感激王校长对我的培养和教育。"

勤业斋里追梦

回到厦门大学后,经历过人生变故后的陈景润更加珍惜来之不易的学习条件,恨不得把所有的时间都花在数学研究中。

每天上班做好日常的工作后,还有大量的时间可以看书。他如饥似渴地读着数学专业的书籍和期刊,掌握了大量最新的知识与信息。就在这段时间,他开始研究世界级的数学难题。但陈景润的所有研究工作都是悄悄进行的,他没有告诉任何人他在做什么。他担心别人知道自己的研究内容后会说自己不自量力,更担心自己没有能力完成研究。

陈景润住在勤业斋16号。那是一座矮小的楼房,屋后是一座一年四季苍翠碧绿的山峰,距离大海也不远，环境安静，空气清新。住在这里的大部分是单身职工，每人有一个小房间。因为房屋四面环绕分布，邻居们戏称这里是"集中营"，大家有空就去海边游泳，闲逛，晒太阳，很少待在屋里。只有陈景润每天关着门，沉浸在自己的数学海洋里。

每天到了吃饭的时候，住在勤业斋的人就喜欢聚在芭蕉树下或是竹子下的石桌旁，边吃边聊天。陈景润则每天从食堂打饭回来后，就把自己关进屋里。人们不知道他是在吃饭还是在演算，只能从他开门关门的一瞬看到屋子里满地都是涂写过的纸片和纸团，桌上则堆满了书籍和草稿纸。

陈景润依然和学生时代一样沉醉于书海之中，他向原来的老师虚心请教，像个学生一样学习。他找到大学时的老师李文清教授，经常向他请教问题，李老师向他推荐了华罗庚的《数论导引》等著作，陈景润如获至宝，反复读了几十遍。与此同时，陈景润还阅读了大量国内外的数学刊物，努力吸收研究成果，对每条定理都认真体会和理解，反复进行演算。

为了抓紧时间学习，陈景润像小时候一样，把书拆开来，出门的时候放几页在衣袋里，随时随地都拿出来阅读。他用这样的方法把华罗庚的《堆垒素数论》读了三十多遍，对里面的每一个公式和定理都进行了反复的计算和核实。有人看到陈景润衣袋里的书页，怀疑他把资料室的书弄坏了。陈景润连忙解释，这些都是他花钱买的书，而资料室的书他都保管得很好。

陈景润对自己这种读书方式的解释是："白天拆书，晚上装书，我就像玩钟表那样，白天把它拆开，晚上再一个原件一个原件地装回去，装上了，你才懂了。"在大量阅读和思考的过程中，陈景润开始对数论的一些问题有了自己的理解。

不知道辛苦了多少个日夜，他终于写出了第一篇关于"他利（Tarry）问题"的论文，这篇论文让陈景润获得了数学界的关注。他利问题是当时数论的中心问题之一，吸引着无数数论学者的注意。华罗庚在专著《堆垒素数论》和论文《等幂和问题解数的研究》中对这个问题进行过探讨，但没有得出结论，他期待着这个问题能够得到进一步的研究。

有人说，一个数学家一辈子有这样一个发现，也算是幸运的。谁也没想到仅读过三年大学的陈景润竟然取得了这么大的突破。

在写作这篇论文前，陈景润非常犹豫，他的研究是在前人的基础上更进一步，但前面的研究成果是华罗庚先生的，一个初出茅庐的研究者去推进华罗庚先生的研究，是不是有些不自量力？

陈景润找到了李文清教授，说出了自己的忐忑和担忧。李老师鼓励他："为什么不可以推进前人的成果呢？你不必有顾虑。现有的数学名著都是著名数学家的研究成果，但如果后来的年轻人不敢再进一步研究，写出论文，数学又怎么能向前发展呢？"

经过老师的这番开导，陈景润开始着手写论文。那些日子，他的生活里只有"数论"两个字，他每天除了吃饭和睡觉都在研究。数论的研究大多是极为抽象的演算。陈景润埋头于书桌，在一次次推理和演算中跋涉着，小屋里到处都是草稿纸。他没时间去想自己正在攀登的山峰有多陡峭，只顾埋头向上，一步一个脚印地往上爬。累了，就和衣躺一下；醒了，就接着干活儿。听到有人失眠，陈景润说："睡不着就意味着不需要睡觉，那就爬起来工作吧。"那段时间，他像是潜入了深海，看不到也听不到水面上发生了什么。

论文终于完成了，这篇论文推进了数学家华罗庚的理论研究。李文清教授请其他教授阅读后，确认了其观点的正确性，便立即请人推荐给了华罗庚。华罗庚审阅完这篇论文后非常高兴，当时正在召开全国第一次数学讨论会，华罗庚发电报让陈景润到北京参加会议，在会上宣读他的论文。

知道要去宣读论文后，陈景润非常紧张。他想到了自己曾经在北京四中讲课失败的经历，担心自己站在讲台上又会语无伦次。他对和自己一起去北京的李文清教授说："李老师，我的普通话不好，您替我去读论文吧。"

"那怎么行？"李文清安慰他说，"你的普通话只是带点福州口音而已，宣读的时候慢一点儿，大家就能听懂了。"

陈景润还是有些担心："要是我忘记了要讲的

内容怎么办?"

李老师笑着说:"你提前反复读你的论文,直到背熟,上了讲台就不会紧张了。"

陈景润想,也只有这个办法了。他把这篇论文读了很多遍,在去北京的路上也一直在读。参加会议的头一天晚上,他还在宾馆的走廊里读。

第二天,当陈景润走上讲台时,他发现坐在下面的几十个人都是数学家和专业的数学研究者,尽管已经把论文背得滚瓜烂熟,但他还是很紧张。

陈景润结结巴巴地讲了几句,才想起来应该在黑板上写下论文的题目,连忙转身去写。他写完题目又讲了几句后,大脑里居然一片空白,双唇剧烈地抖动起来。陈景润实在讲不下去了,他干脆转身在黑板上写起了演算过程。

在场的人从未见过这样的论文宣读者,很多人的眼里露出了怀疑的目光。

"这就是华罗庚极力推荐的陈景润吗?"

"这是论文宣读还是演算?"

"他演算的是什么?这没头没脑的一黑板算式怎么算是论文呢?"

勤业斋里追梦

满头大汗的陈景润像个小学生一样不知所措地站在台上,惶恐地看着台下的人。李文清教授连忙走上讲台,对大家说:"陈景润同志是我的学生,他不善于发言,我来代他宣读论文。"

李文清读完论文后,大家这才明白了这篇论文的内容。华罗庚走上讲台,对陈景润的成果进行了充分的肯定,还补充说明了这篇论文的意义。有了这两位前辈的助力,陈景润的第一次论文发布终于圆满结束。

这篇论文引起了国内数学界的重视。一九五六年八月二十四日的《人民日报》是这样报道的:"从大学毕业才三年的陈景润,在两年的业余时间里,阅读了华罗庚的大部分著作,他提出的一篇关于'他利问题'的论文,对华罗庚的研究结果有了一些推进。"

这次亮相让数学界的人对陈景润有了一定的了解。华罗庚在自己的专著《堆垒素数论》再版时,吸收了陈景润的成果,并在序言中对陈景润表示了感谢。

论文发布成功后,陈景润再接再厉,在数论上的三角和估计等方面也展开了研究,很快就写出了第二篇论文《关于三角和的一个不等式》,发表在《厦门大学学报》上。

陈景润的成绩让华罗庚很惊喜,他建议让陈景润到中国科学院数学研究所工作。这个建议得到了厦门大学的大力支持,一九五七年九月,陈景润又回到了北京,只不过这一次是去从事他所喜爱的数学研究。

煤油灯下的发现

中国科学院数学研究所是中国顶级的数学研究所，这里集结了中国数学界的优秀人才。

数学所的所长华罗庚对陈景润的研究有着极高的评价，对陈景润的个性也给予了很大的理解和包容。华罗庚深深理解这个不善言辞的青年对科学研究的痴迷，他对自己的学生说："我们应当注意到科学研究在深入而又深入的时候而出现的'怪癖''偏激''健忘''似痴若愚'，不对具体的人进行具体的分析是不合乎辩证法的。"

陈景润在数学所的工作就是研究数学，他对很多数学问题尤其是数论方面的问题都很感兴趣。在选择了数论为研究方向后，陈景润开始了夜以继日的研究。

有一次，有人在一篇论文中提出，一个十阶行列式计算的结果等于零。多年的学术研究让陈景润不会轻易相信某个结论，他和所里的同事谈到这个问题，大家都觉得没有办法验证。因为这个问题如果硬算的话，单是乘法要算360万项以上，就算一分钟算一次乘法，一天算十个小时，也要算十多年。

令人没有想到的是，一个月以后，陈景润告诉大家："我算出来了，结果就是零。"正常人要用十多年时间才能完成的演算，他竟然凭着自己的毅力、耐心与过人的数学才能，在很短的时间内完成了。

几个月以后，陈景润又提出了一个新的问题："一个三元五次多项式，怎样找出所有的解答？"

这个问题依然需要烦琐的演算，大家都没有勇气去找出答案。陈景润又用了一个月的时间进行演算后，告诉大家："全部答案都找到了。"

同事们很惊讶，问他怎么找到的。陈景润坦诚地说："找到一个就少一个，一个个找，就是要肯花时间。要做这种问题,就得拼命。"

陈景润研究数学的那种毅力和他所付出的辛苦是常人难以想象的,他一直在以一种冲刺的速度进行研究,毫不顾惜自己的身体。

刚到北京的陈景润住进了集体宿舍,习惯了独自一人学习和研究的陈景润一时之间很难适应。他不想打扰别人,但又想尽快推进自己的研究。思前想后,陈景润最终跟同宿舍的人商量:他住进里面三平方米的卫生间,让大家需要方便的时候到对门去。同宿舍的人都同意了,陈景润于是搬进了狭小的卫生间。

这个小小的卫生间,陈景润一住就是两年,他在这里攻克了著名的世界级数论难题"华林问题"。

这个只有三平方米的卫生间,一个人住在里面也显得狭窄。更糟糕的是,这里没有暖气。北方的冬天滴水成冰,夜里非常寒冷,陈景润在屋子中央挂了一个很大的灯泡,既可以照明,又可以取暖。但即使这样,冬天的夜里,依然要把全部衣服穿上才能继续看书。

为了御寒,陈景润想到了自己制作棉衣。他买来棉花，把棉花撕开后均匀地铺在一件衣服上，然后在上面放上另一件衣服，再用针线把两件衣服缝合在一起。可惜那双握笔的手无法灵巧地缝衣服，这件棉衣最终没有制作成功。

白天，陈景润几乎都泡在图书馆里，连中午吃饭都不肯到食堂去，饿了就啃几口馒头，省下时间看书。中科院数学所的图书馆是一幢旧式小楼，有一次，陈景润一直埋头看书，所有人都走了，图书馆闭馆的铃声响了他都不知道。等到天完全黑了，书上的字已经看不见时，他才发现图书馆的大门已经被锁上了。

就是在这样的条件下，一九五九年到一九六三年之间，陈景润在《科学记录》《数学学报》等刊物上发表了一系列论文。这些文章的发表，让陈景润在中国数学界有了一定的知名度。大家惊讶地发现，这个外表邋遢、脸色苍白的青年竟然对数学有着如此深入的理解，短时间内能取得如此多的成绩。

但陈景润对自己的成就并不满足，数论领域中有更多的问题吸引着他的目光和脚步，他恨不得一天当作两天用。

一个同乡曾问陈景润:"你到数学所的目标是什么?"

一向少言寡语、说话谨慎的陈景润突然激情澎湃地说:"'打倒'维诺格拉多夫!"

维诺格拉多夫是世界级的数学大师,他用筛法(这是研究数论的一种方法)证明了任何充分大的偶数都是一个素数及三个素数的乘积之和,即"1+3"。他断言,如果要往下推进,筛法已经不能使用了,要用新的方法。陈景润不同意他的看法,他认为只要对筛法进行改进,就可以挑战"1+2"。

一九六二年,陈景润开始进行哥德巴赫猜想研究。从中学时代第一次听到哥德巴赫猜想至今十几年过去了,陈景润依然没有忘记沈元老师说到这个数学难题时的情景。

世界上的很多数学家在数论著作中都对这个难题进行过探讨。一九二〇年,挪威数学家布朗证明了"每一个大偶数是两个素因子都不超过九个的数之和",即"9+9";一九二四年,德国数学家拉代马哈证明了"7+7";一九三二年,英国数学家埃斯特曼证明了"6+6";一九三八年和一九四〇年,苏联数学家布赫西塔布分别证明了"5+5"和"4+4";一九五六年,中国数学家王元证明了"3+4",苏联数学家阿·维诺格拉多夫证明了"3+3";一九五七年,王元又证明了"2+3";一九六二年,中国数学家潘承洞证明了"1+5";一九六三年,潘承洞等几个数学家都证明了"1+4";一九六五年,苏联数学家阿·维诺格拉多夫、布赫西塔布和意大利数学家朋比尼证明了"1+3"。哥德巴赫猜想即"1+1",以上这些都只是逐步向其靠近的证明过程,并不属于哥德巴赫猜想本身。此时,距离最终的目标"1+1"只有两步了。但最后的两步难度显然更大,已经很长时间没有人往前跨出一步。

这时的陈景润住在一个原来设计为小锅炉房的六平方米的房间里。这个房间比原来他住的那个卫生间大一点儿,但里面不仅没有暖气片,电线也被剪断了。晚上没有电灯,陈景润只能在一盏小小的煤油灯下工作。他的书桌上堆满了书籍,演算的时候他就掀开褥子，趴在床板上工作。

陈景润将生活中的所有要求都降到了最低。他每天的生活简单而规律：清晨去食堂，打一壶水，买几个馒头和一点儿小菜，就回到小屋工作；傍晚，收听完英语广播后，再次投入工作直至深夜。他的衣服鞋袜只要不是破得不能穿就将就着。他像学生时代一样穿着褪色的衣服，常常光脚穿一双塑料凉鞋。凉鞋穿破了，鞋带断了，他就像穿拖鞋一样穿。橡胶鞋破得露出了脚趾和后跟，他就用一块纸板垫在里面，凑合着穿。天冷的时候，他也会穿袜子，但经常两只袜子的颜色是不一样的，或者只穿了一只袜子就出去。

陈景润没有觉得这样的生活苦，那时候，他的世界里除了数学以外，其他的一切似乎都不重要。

一九六五年，陈景润证明了任何一个充分大的偶数，都可以表示为一个素数及一个不超过两个素数的乘积之和，也就是"1+2"。消息在一九六六年五月十五日的《科学通报》上刊出后，当时国内只有少数几个数论工作者了解这一发现的价值。国际数论界知道后，并不相信一个名不见经传的中国年轻人能够做出这一成绩。当时世界上很多优秀的科学家都梦想能证明它，但努力了很多年还是一无所获，于是，有人在书上公开表示这是不可能的。

陈景润并不在意外界怎么看待他的研究，他依然沉浸在数学的世界里。他知道自己虽然得出了结论，但他现在的论文有两百多页，运算过程烦琐，很多地方都需要打磨。于是，他继续用尽全力对已有的研究进行简化和完善。

又是几年时间过去了，陈景润终于把厚厚的一沓稿子交给了他信任的闵嗣鹤老师。这时是一九七二年，国家正处于内乱中，科学研究受到了极大的干扰。但即使在这样混乱的环境中，陈景润依然专注地完成了自己的研究。

闵嗣鹤先生对数论的研究在国内首屈一指，他曾培养过攻克"1+4"的潘承洞等人。拿到陈景润的论文时他正生着病，但陈景润的研究吸引着他一定要看完。闵先生花了三个月的时间才审阅完毕，得出的结论是：陈景润的运算是正确的。

这篇论文还送给了数学所的王元教授审查。为了慎重起见，王元请陈景润给他讲了三天，然后又对其中的算式进行了演算复核。在确定陈景润研究的过程和结论都正确之后，才写下了"未发现证明有错误"的审查意见。

一九七三年，陈景润的论文《大偶数表为一个素数及一个不超过二个素数的乘积之和》在《中国科学》上全文发表，虽然这篇论文的题目和他在一九六六年发表的论文题目一样，但其内容更加明确清晰，证明过程也更简洁。这项研究从开始到最终发表论文，经历了大概十年的时间。

陈景润十年磨一剑才获得的发现立刻引起了国际数学界的关注。数论界认为，这一成果在今后相当长一段时间都会是最好的。

一九九六年，德国数学家沃克教授曾到中科院数学所访问。他送给数学所一份当年哥德巴赫与欧拉关于哥德巴赫猜想的通信的复印件。他对数学所的人说："中国数学家对哥德巴赫猜想的贡献那么大，如果哥德巴赫还活着，我猜想他一定会首先选择到中国来访问。"

攀上高峰

一九七三年,陈景润的论文发表后,英国数学家哈勃斯丹和德国数学家李希特的著作《筛法》正准备印刷,但他们看到陈景润的论文后,马上把书的出版日期往后推——他们要在书里添加一章《陈氏定理》。"陈氏定理"就此被命名了。他们在第十一章的开头写道:

我们本章的目的是证明陈景润下面的惊人定理,我们是在前十章已经付印时才注意到这一结果的;从筛法的任何方面来说,它都是光辉的顶点。

世界各地的科学家给予了陈景润很高的评价。

一位英国科学家给陈景润写了一封信,在信中对陈景润的研究给予了高度的赞扬,他说:"你移动了群山!"

美国著名的数学家阿·威尔读了陈景润的这篇论文后,评价道:"陈景润的每一项工作,都好像是在喜马拉雅山山巅行走。"

陈景润也喜欢用登山来形容自己的工作。他曾对同事说:"做研究就像是登山。很多人沿着一条山路爬上去,到了最高点,就满足了。可我常常要试九到十条山路,然后比较哪条山路爬得高。凡是别人走过的路,我都试过了,所以我知道每条路能爬多高。"

为了登上数学研究的巅峰,陈景润做了充分的准备。他认为研究至少要做到两点:

第一,必须大量阅读国内外的文献。充分掌握材料,了解国内外的研究动态,是进行研究的重要前提。

陈景润的阅读量很大,只要有新的数学研究论文和专著出来,他就会马上找来看。有些外文资料没有被翻译成中文,但对研究很重要,陈景润等不及别人翻译,干脆自学外语,争取能阅读原文。

陈景润中学时期学过英语,上大学以后学的是俄语。他后来又自学了德语和法语,当对这两门语言掌握到可以阅读和进行基本写作的程度之后,陈景润又学习了日语、意大利语和西班牙语。

由于懂很多门外语,陈景润可以直接阅读外文原作,从而省去了很多等待翻译的时间。这些阅读让他对世界范围内的数学研究有了一个清晰的认识,并在此基础上做出了自己的研究成果。

第二,必须进行大量的计算。很多数学研究都是计算的结果,没有扎实的演算和推导,是无法得出正确结论的。

因为陈景润的工作,哥德巴赫猜想变得只有一步之遥,遮蔽在这座大山前的群山被陈景润用学识、胆略、毅力和耐心一点儿一点儿搬走。这一步看似简单,但陈景润的付出却不是所有人都能做到的。

长期熬夜和营养不良,使陈景润的身体每况愈下。每次去看病,医生都劝他马上住院治疗,但陈景润都拒绝了,他对医生说:"我还有重要的事情要做,不能住院。"

医生急了:"你还要命吗?你的病情很严重。"

陈景润笑着说:"要!可是我还有好多事情要做,您给我开点药就行。"

医生实在没办法,只好开了药之后叮嘱他:"每隔几天你就要来复查一次。"

陈景润答应着,但再也没去找过这个医生。他不是不清楚自己的身体状况,但他也舍不得花时间去治疗。他对别人说:"我知道我是病入膏肓了,细菌在吞噬我的肺腑内脏。我的心力已到了衰竭的地步,我的身体确实是支持不了啦!唯独我的脑细胞是异常地活跃,所以我的工作停不下来,我不能停止……"

一九七四年,国际数学家大会在介绍意大利数学家朋比尼获菲尔兹奖的工作时,特别提到"陈氏定理"是与之密切关联的工作之一。陈景润也因为这一定理两次收到国际数学大会的邀请,请他在大会上做了四十五分钟的报告。

作为中华人民共和国培养的第一代大学生,陈景润的成绩让邓小平感叹:陈景润这样的科学家,中国有一千个就了不得。要振兴国家，必须发展科学，发展科学的先决条件就是要有优秀的科学家。

在周恩来总理的提议下，陈景润作为科技界的典范，成了第四届全国人大代表。坐在人民大会堂里听周恩来总理做政府工作报告时，陈景润心潮澎湃：周总理在报告中号召全国人民奋发图强，自力更生，为把我国建设成为一个具有现代农业、现代工业、现代国防和现代科学技术的强大的社会主义国家而奋斗。陈景润被报告的内容深深地震撼，他对自己的研究工作有了更深刻的认识。

一九七八年三月十八日，全国科学大会在北京隆重召开，陈景润也出席了大会。当听到邓小平在报告中提到，大量的历史事实已经说明，理论研究一旦获得重大突破，迟早会给生产和技术带来极其巨大的进步时，陈景润激动得热烈鼓掌。自己的研究能够得到肯定，能够为国家的经济技术发展做出贡献，还有什么事能比这个更值得去做，更值得高兴的呢？

一九七八年，著名作家徐迟写了一篇报告文学《哥德巴赫猜想》，陈景润一夜之间成了家喻户晓的人物，哥德巴赫猜想也成了一个使用频率极高的词语。各地掀起了向陈景润同志学习的热潮，人们为他的执着努力而感叹，为他的拼搏精神而欢呼。陈景润重振了人们对科学研究的信念与热情，成为一个时代的楷模。

一九七八年二月十七日，《人民日报》和《光明日报》同时转载了这篇文章。这天中午，陈景润经过邮局的时候发现，许多人在邮局排队购买当天的报纸。当得知这是大家为了尽快读到这篇文章时，他连声说："这样不好，这样不好。"

在这篇文章问世之前，陈景润只是数学所一名普通的研究人员，每天行走在办公室和宿舍间，默默地进行着自己的研究。他的事迹公开报道之后，全国各地的来信，各种各样的采访和约稿每天从四面八方向他涌来。人们邀请他到各地去做报告，讲述他证明"1+2"的经过。

对于突如其来的鲜花和荣誉，陈景润不知所措；对于突然增加的许多活动，陈景润不堪其扰。很多单位来请他去做报告，很多报纸杂志来向他约稿，很多数学爱好者来向他请教。陈景润被动地接受着这一切,他不知道怎样拒绝,也不知道怎样改变,只能在活动之余尽可能抓紧分分秒秒来学习和工作,仍然无论到哪里都带着书和资料。

其实,陈景润除了最著名的哥德巴赫猜想研究外,还有格子点几何、华林问题等研究成果。这些研究有的修正了前人的研究,有的填补了数论史上的空白。一九八二年,陈景润和王元、潘承洞一起荣获全国自然科学奖一等奖,这是当时国内对科学成果的最高奖励。在此之前,数学领域得过这个奖的人只有华罗庚和吴文俊。

在高度评价的同时,也有一些对他把全部精力都放在数学研究上的质疑声。《中国青年》杂志还专门开展了"在青年中可不可以提倡学习陈景润"的讨论。

陈景润得知这件事后,极力反对,他说:"不要提倡学习我,我没做什么工作,应当提倡向雷锋和王杰那样的英雄模范学习。"

陈景润对自己的研究有着清醒的认识,他从不评价自己的工作。有人问他:"你觉得自己做得最好的研究是哪一项?"

陈景润不假思索地说："还是哥德巴赫猜想做得最好。不过也很难讲，有人也说这个工作不怎么样。"

这场讨论的结果，就是大家更倾向于向陈景润学习，学习他勇攀高峰的坚强决心，学习他不畏困难的斗志，学习他忘我的奋斗精神。

陈景润没有在盛名之下止步。在他看来，只有真正完成"1+1"的研究，才算登上了数学领域的珠峰，才是真正移动了群山。

作家徐迟对陈景润的工作有很深的理解，他说："对陈景润这样的人，成名是一种痛苦，甚至成为对他的工作的干扰。他如果不是有那么大的名气，他就可以有更多的安静的空间，有充分的时间来更好地进行他的研究。成名对于他来说真是一种痛苦，一般人可能不知道，也不能理解，我想，要是没有成名，他的研究可能要比他后来的进展深入得多。"

一九七九年，陈景润应美国普林斯顿高等研究院院长沃尔夫的盛情邀请，来到普林斯顿做短期研究。

来到普林斯顿后,看到那里有很多的图书和资料,他马上开始了工作,整天埋头于图书馆中,如饥似渴地学习和研究。他觉得,如果不好好学习,就失去了来这里的意义,辜负了祖国和人民的厚望。

陪同他前去的翻译朱世学对陈景润的研究很钦佩,他说:"在普林斯顿,陈老师一般早上四五点钟起床,而桌上的台灯经常通宵不熄……他对科学研究的那种勤勉精神,是以整个生命为代价的。"

陈景润珍惜在普林斯顿的每一分钟,也珍惜每一分钱。陈景润一向很节俭,来到美国后,他从不花钱在外面吃饭,常常自己动手做最简单的饭菜,每个月节省下来的生活费都存在了银行里。一回国,他就把一个有七千五百美元的存折上交了。陈景润说:"我把省下的钱交给党组织,目前国家还不富裕,我要为'四化'出点力。"

在美国访问期间,有人建议他把撰写的论文发表到国外,陈景润认真地说:"我的论文要在中华人民共和国发表。"

但即使这样,也有人说,陈景润想要留在美

国,不回国了。法新社的记者打电话询问此事,陈景润生气地回答:"我是中国人,我还要回到我的祖国。我是一个中国人!"

那一年的普林斯顿异常寒冷,看着漫天大雪,陈景润感慨地说:"如果我们有这么大的雪多好!我们有许多地方还是很旱,急需水分。"

一九七九年九月,法国高等科学研究所邀请他去做研究和报告。陈景润在开始演讲之前谦虚地对大家说:"感谢你们的邀请,我能来这里介绍我的工作,我感到很高兴。我的英文不好,讲错了请你们原谅。"

在国外讲学也好,在国内做报告讲述"1+2"的研究过程也好,外界的喧嚣并没有打断陈景润的研究。回到数学所后,陈景润依然穿着旧得褪色的衣服,吃着馒头咸菜,在小屋里埋头看书和演算。陈景润并不在意人们怎样看他,他心里最关心的是如何解决哥德巴赫猜想的最后一个问题,如何攻克"1+1"。

代表人民

陈景润连续担任过第四、第五、第六届全国人大代表。

一九七五年,周恩来总理推荐陈景润担任全国人大代表,并把他安排在天津代表团。

会议期间,许多记者都想采访这位传奇科学家,很多代表也想认识陈景润,而陈景润却尽量避开采访,也很少和大家说自己的成绩。会议休息的间隙,陈景润总是独自快步走开。代表们一起吃饭时,他总是匆匆吃完就回到房间,关上门看书。

参加了这次全国人民代表大会后,原来被大家戏称为"两耳不闻窗外事,一心只读圣贤书"的陈景润开始认真履行人大代表的职责。每次开会前,陈景润都会逐一征求大家的意见并记录、整理，好在大会上提出。他开始关心身边的人，关心身边发生的事。

那时，很多知识分子工作压力大，任务繁重，却只有微薄的收入。陈景润了解到，当时搞科研的职工最关心的问题有两个：一个是待遇过低，一个是住房困难。其中有知识分子不受重视的历史原因，也有科研院所的实际困难。

就拿陈景润自己来说，虽然一九七七年他已经被破格晋升为研究员，但工资收入与其他行业相比并不算高。由于住房有限，单位的年轻人通常挤在四个人一间的集体宿舍里，很多老科学家一家几口人只能挤在一间小屋里。陈景润为了能自由地进行研究，而又不影响其他人休息，搬出集体宿舍后，曾住在一个没有电灯的小屋里，一住就是很多年。虽然他自己毫不介意居住条件，但既然要代表人民，那就得尽可能多地听取大家的意见，了解大多数人的需求。

每当听到同事们谈论这些问题时，他都会专注地倾听，认真地思考。每次参加人大代表会议讨论,陈景润都发言呼吁,希望政府能尽快解决这两大难题。

正因为有像陈景润这样的代表发声,几年后,这两个问题逐渐得到落实和解决。一九八〇年元旦,《光明日报》发表了题为《可喜的变化 光辉的前景》的社论,强调知识分子在人类历史发展中起到了十分重要的作用,而在改革开放的新时期,知识分子也一定能发挥更大的作用。几年后,中央发文明确规定了落实知识分子政策工作的时间,就知识分子的生活待遇、工作条件、著作权、职称等进行了详细指示。

陈景润不仅关注中科院同行的问题,他还把目光投向了中科院外的大环境。

中科院数学所在中关村,陈景润住在所里,平时很少出门,但他知道大家对中关村的交通问题比较关心。经过实地走访,陈景润发现,中关村虽然有好几万居民,但周边通行的公交车线路较少,大家出行很不方便。

陈景润决定对这个问题进行调查和分析。他设计了一个调查表,向附近的居民和单位的同事了解他们对交通的建议和看法，还查看和研究了北京市关于交通规划的文件。在进行了大量的走访调研后，陈景润提交了《关于解决中关村交通问题的建议》。在这份建议中，陈景润认真细致地分析了中关村交通问题的现状，提出了解决这个问题的重要性和紧迫性，并给出了切实可行的建议。

北京市交通局看到这份建议后非常重视，局长专程找到陈景润，和他一起讨论中关村交通问题的解决办法。

陈景润的建议得到了交通局的认可，两周以后，经过公交公司的前期筹备工作，320路公交车开通了。当第一次看到这辆公交车徐徐驶来的时候，附近的居民都非常高兴。这条线路的开通方便了中关村的居民，促进了这个地区的发展。

陈景润的宿舍距离数学所并不远，他每天都是走路上班，不需要乘坐公交车。但当320路公交车开通之后，他买了有生以来的第一张月票，每天从家里出来后，走一段路，坐上320公交车，一站以后下车，再步行一段路到达数学所。虽然走路和坐车花费的时间差不多，但陈景润觉得，既然交通局开通了这趟公交车,就应该用乘坐的方式支持和鼓励他们。看着这趟车为人们提供了便利,陈景润为自己的努力感到高兴。

很多人知道陈景润的建议改善了中关村的交通后,纷纷来找他反映问题,希望他能代表大伙儿发声。

一天,一个老人在陈景润上班的路上拦住了他:"你就是陈景润吗?"

陈景润连忙点头:"我是,您有什么事吗?"

老人拿出一个信封:"我的意见都写在里面了,你能抽时间看看吗?"

陈景润连忙接过信封,告诉老人:"我回去就看,看完以后再给您意见。"陈景润看完老人的来信后,专门找到老人,和他一起讨论了信中提到的问题。

这样的事情发生了很多次。陈景润平时惜时如金,但只要有人跟他反映问题,他总会抽出时间认真倾听。时间久了,大家都亲切地叫他"陈代表"。一次,有人向陈景润反映了北京黄庄小区屠宰场的问题。由于屠宰场离住宅区过近,住在这里的人每

118　中华先锋人物故事汇　陈景润

天要忍受屠宰场散发出的恶臭和杀猪时猪的凄厉号叫。虽然政府已经令其搬迁，但由于种种原因迟迟没有执行。不堪其扰的居民找到陈景润，希望他能关注这件事。陈景润经过调研，写下了《关于北京黄庄小区屠宰场的搬迁问题的建议》。这一建议得到了有关部门的重视，屠宰场很快就搬走了。

从一九七五年到一九八六年，陈景润做了十一年的人大代表。在履职期间，他全心全意代表人民，提出了很多有建设性的建议和意见，让老百姓关心的问题得到了重视和解决。

男儿有泪不轻弹

陈景润给人的第一印象是勤奋刻苦,在他的心目中,似乎只有数学是最重要的。生活中的所有事情他都可以不在乎,唯独数学研究不能。

有人觉得陈景润没有生活情趣,在生活上亏待了自己,殊不知他在数学海洋里遨游时是乐在其中的。只有在那个领域里,他才能真正做自己想做的事,能用自己的意志和能力去控制前进的方向。世界上很多成功的人都有这样的特点:专注地沉浸在自己的领域中,对外界缺少关注。

陈景润给大家的另一个印象,就是隐忍坚强。小时候身体瘦弱,经常被同学欺负,他总是默默地忍受着,很少掉泪;青年时工作繁重,又患了严重的肺结核病，他也顽强地挺过来了。

令人没想到的是，陈景润也有当众痛哭的时候。

完成了"1+2"的证明之后，陈景润最大的愿望就是攻克哥德巴赫猜想，证明"1+1"。就在这时，当年第一个读陈景润论文的闵嗣鹤先生去世了。

闵嗣鹤先生是一位德高望重的数学界前辈。当年，闵先生拿到陈景润的论文的时候，他的心脏病已经很严重了。但他知道这是一篇非常重要的论文，于是就将论文放在枕头下，看一段，休息一会儿，再看一段，再休息一会儿。每一个运算的步骤，他都要亲自复核和演算。

整整用了三个月的时间，闵先生才审读完这篇论文。他虽然很疲惫，但也很欣慰。他笑着对陈景润说："为了这篇论文，我至少少活三年。"

不善言辞的陈景润很感动，却不知道该说什么，只好一个劲儿地说："闵老师辛苦了！谢谢闵老师！"

时隔不久，闵先生就去世了。陈景润得知消

息后痛哭不已，他为失去一个卓越的数学家而悲伤，也为失去了一个能理解他的老师而难过。有人听到他喃喃自语："闵先生去世了，以后谁来审查我攻克'1+1'的论文呢？我不做了，我不证明了。"

尽管担心再也没有人能看懂他的论文，但闵先生去世后，陈景润更加勤奋，更珍惜时间。他常常三点起床开始工作，在书桌前一坐就是一天。

陈景润从小就体弱多病，很多在别人看来严重的病症他却已司空见惯。这样超负荷的工作让他经常感到腹痛难忍，头晕目眩，但只要能坚持，他就不去医院。

一九八四年，陈景润被查出患有帕金森综合征，他被安排在中日友好医院住院治疗。每次去医院治疗，他都会随身带去很多书和资料，把病房变成了工作室。

晚上，为了不影响同病房的人休息，陈景润就到走廊或是卫生间等有灯光的地方去工作，有时甚至像上大学时那样，躲在被窝里借着手电筒的光读书演算。他在自己的数学世界里不停地计算推理，反复思考，完全忘记了自己是一个病人。

在陈景润攻克了"1+2"以后，所有在这个领域工作的数学家就把目标锁定在了"1+1"上。对数学的无限热爱、为国争光的强烈使命感，让陈景润更加努力，想要一举攻克这一难关。

然而，三千多个日日夜夜过去了，陈景润一无所获。有时，他也会怀疑自己的努力：不是说只要播种就有收获吗？为什么自己用了十年时间依然没有任何收获？

就在他的研究陷入困境的时候，一位德国数学家来中国访学。

这位德国数学家来访之前，曾有一批美国科学家拜访过陈景润。当时有传言说苏联人已经攻克了哥德巴赫猜想的"1+1"，与美国数学家在交流中谈及这个问题时，陈景润表现得非常沮丧。

美国数学家诚恳地告诉陈景润："那是不可能的。世界上如果有人能第一个算出'1+1'，那就应该是你，而不是别人。"后来果然证实这条消息是误传。

虽然暂时没有人攻克这一难题，但世界各地的数学家都在努力，不知道谁会抢先摘走这颗数学皇冠上的明珠。陈景润有一种只争朝夕的紧迫感，他不敢有丝毫懈怠，恨不得把一天当作两天，甚至三天来用。

这次与德国数学家的交谈，再次加重了陈景润的紧迫感。陈景润的英语很好，不需要借用翻译就能进行交流。他和这位德国数学家聊了很多数学问题，当说到哥德巴赫猜想时，陈景润突然哭了。

他哭得很伤心，那哭声让旁人感到无法劝解。

这位外国朋友静静地坐在一旁，看着他流泪。

久久不能攻克难关的焦虑，对国家和人民的愧疚，研究毫无进展的悲哀，都压在了陈景润的身上。一位以严谨著称的数学家，面对自己的研究走入困境的时候号啕大哭，这并不是一件丢人的事，而是自己内心真实情感的流露。

第二天，陈景润依然和以往一样，早早地赶到数学所的资料室。在那里，他有一个固定的座位，即使他不去的时候，也没有人会坐。资料室的人都了解他的习惯，每次下班的时候，工作人员都要细心地在书架间搜寻一遍，以免再发生把他锁在里面过夜的事情。

陈景润的前方有一座高峰，那是一个搁置了两个多世纪的难题。陈景润不顾一切地向上攀登着，他愿意为了登上这座高峰付出任何代价。

一九八五年，华罗庚去世了。

听到这个消息的时候，陈景润正生着重病。医生告诉大家，对于陈景润这样生活几乎不能自理的病人，不建议去参加追悼会。但陈景润不同意，他坚持要参加追悼会。大家劝他，心到了就行，人不一定去。可不论大家怎么劝，他都执意要去。

开追悼会的那天上午，医护人员给陈景润穿上衣服，穿上袜子，穿上鞋子，把他从楼上背下去，让他坐车来到殡仪馆。人们劝他就坐在车上，不用非到会场里面去，但陈景润面色凝重地说："不行！我要去会场！"

追悼会快开始了，随行人员搀扶着陈景润来到会场，站立在吊唁的人群中。追悼会进行了四十分钟，他硬撑着站了四十分钟。这四十分钟里，他一直在哭，眼泪不停地往下掉，身体因为悲伤而颤抖着。

男儿有泪不轻弹，只因未到伤心处。作为一位数学大师，陈景润并没有因为数学研究而放弃对世界和他人的关注，他一直都在真诚地生活着。

盛名之下

盛名之下的陈景润依然十分尊重自己的老师。陈景润曾说:"尊敬老师,不是虚伪,是起码的礼貌。我见到在公共汽车上老教授站着,青年学生坐着,真不像话。"

陈景润常常回忆起大学时给他谆谆教导的老师们。他经常一笔一画工工整整地给老师写信,报告自己的近况,向老师表示感谢并虚心求教。当初,那篇著名的论文发表后,他马上给厦门大学的老师们寄去一份,并在杂志上写下了感激的话。

一九七九年,方德植老师应人民教育出版社的邀请,从厦门到北京去,负责编一套书。令方德植老师没想到的是,在北京的那段日子,陈景润竟然常常在晚上乘公交车到宾馆去看他。那时的陈景润已经家喻户晓,加上他经常出去做报告,认识他的人很多。陈景润怕白天被大家认出来要签名走不了,只好晚上才去看望老师。

方德植老师回去后,收到了陈景润的一封信。为了让年迈的老师能够看清楚信上的字,陈景润将信纸的两格当作一格写,每个字都写得很大,很端正。他在信中说:"从我师到北京这一段时间内,生由于各方面的工作很多……生在招待我师方面很不周到,望我师原谅。"为了表示恭敬,他把"生"字写得很小。

一九八一年十月,陈景润回到当年高中求学的英华中学参加100周年校庆典礼。看着坐在讲台上的老教师们,陈景润激动地说:"我又见到当时教过我的老师,还有我的老师的老师,现在还在,现在还在,真是高兴。"

陈景润在发言中说:"回忆过去自己在这里念书的一段生活,是我一生中最快乐的一段时间。虽然我离开母校很久了,虽然我和家乡距离很远,可是心里总是想着我们的母校,想着母校的老师。"

盛名之下的陈景润依然对培养自己的母校怀着深深的感激之情。一九九一年英华中学校庆时，陈景润已经患上了严重的帕金森综合征，语言表达不清，行动也非常不便。数学所的领导和校友会的人都劝说他不要参加校庆庆典，但他不同意，大家只好让他去了。

陈景润特意在家里提前为校庆写下题词："挥洒辛勤汗，育人满天下。"又认真地写好了发言稿。

校庆当天，陈景润在夫人由昆的陪同下来到会场，面对参加庆典的同学和老师，他用含糊不清的声音说："我很高兴，很高兴，今天又回来了。"

陈景润的夫人由昆代他读了发言稿，陈景润满怀深情地写道："我会永远铭记老师的培养，希望老师们多多保重，为教育事业做出更大贡献。我衷心希望同学们牢记'以天下为己任'的校训，为报效祖国而努力攀登科学高峰。只有祖国强盛起来，我们中国人才能真正顶天立地。还希望同学们能尊师爱校，我无论走到哪里，都会为我的母校而自豪。也希望同学们能够德智体全面发展，不要像我这样未老先衰……我坚信同学们一定会'青出于蓝而胜于蓝'。看到母校学生接连在国际奥林匹克物理竞赛、信息学竞赛中捧回金牌银牌，为国家争光，真了不起，我实在高兴。"

盛名之下的陈景润对青少年的学习非常关心，他毫无保留地将自己的学习方法告诉大家。在一本《数学和数学家的故事》的书里，有一篇名为《我认识的陈景润》的文章。文章中提到，陈景润出名后，很多人都效仿他的学习习惯，有的小学生不上课间操，甚至蹲在厕所里看书学习。连海南岛上的老太太也认为，陈景润专门蹲在茅坑上研究数学，他的大定理就是这样发现的。

陈景润对此特别强调："我不希望青少年学我，把身体弄坏。他们应该学习雷锋叔叔，有一个健康的体魄。有一位教授的孩子，曾经在数学比赛中得到过名次，但他现在课间操也不做，就是钻数学习题。我们有许多孩子活动空间本来就不多，不做一点儿运动，身体很容易损坏，长远来看是对国家不利的。"

为了帮助中小学生更好地学习数学，陈景润专门总结了几条通俗易懂、便于操作的建议。

第一，学好数学首先要了解数学的意义。

数学存在于世界的每个地方，比如一个人、二个人、三个人……其中的一、二、三……就是数。我们经常看到的圆形、三角形、正方形，这些就是图形。数学和人类生活是密切相关的，是在人类生产实践中产生的。数学是科学研究的基础，一个国家，数学搞不好，对农业、工业、国防和科技现代化都会有很大的影响。

第二，学好数学要有自信。

学不好数学不是我们笨。中华民族是一个非常优秀的民族，几千年前，我们的祖先就对世界数学研究有所贡献。我国古代的很多数学问题就很有意思，比如百鸡术、鸡兔同笼问题等；圆周率、孙子定理和勾股定理都比西方同类研究早很多年。对于数学学习要有信心，绝对不能因为碰到一些暂时的困难就放弃，认为自己是脑子笨，丧失了攻关的勇气。

第三，要注意掌握正确的学习方法。

学习数学只靠勤奋是不行的，还需要掌握一定的学习方法。

学数学，熟知基本概念、打好基本功是第一步，就像造房子一样，基础打得越牢靠，造出来的房子才越牢固。学习一个定理，首先要搞清楚这个定理的已知条件是什么，定理中所要证明的结论是什么。每一步推理都要论据充分，力求严谨。

基础打好后，只有一步一个脚印，学得扎扎实实，才可能逐步提高。就像解方程式一样，如果一个同学连一元一次方程 $x+5=0$ 都不会解，那他面对二元一次方程组时一定会束手无策。在掌握了基本概念之后，可以选做一些难度高一点儿的习题，以利于训练思维和逻辑推导的能力。

此外，还要学会用新学到的知识去巩固旧知识，加深理解。比如，在中学的时候用代数的方法去解答小学学过的算术题，在大学的时候用大学的方法去推导中学学过的公式，做起来非常方便，而且这样一来，以前学过的知识也就得到了巩固。

最后，想要学好数学，一定要多做题，多自己动手。在做出一道较难的习题之后，要回想一下，这道题的难点和关键点在什么地方，有没有更简单的解法。例如：计算9999×999，如果用一般的方法，会非常麻烦，而且容易算错。但如果改写成9999×（1000－1），算起来就简单多了。做习题的时候不要死套公式，要注意灵活运用。如果出了错，要自己想办法找出原因来，总结教训，不再重犯。

盛名之下的陈景润依然朴实善良。他还是那个和原来一样走路上班、谦恭有礼的研究员。他对身边的人一如既往地客气，对单位从不提过分的要求。成名之后的陈景润在狭小的屋子里又住了很多年，并未因此而觉得自己被忽视了。

一九八四年四月二十七日，陈景润骑自行车去买书，突然被一辆疾驶而来的自行车撞倒。陈景润当即后脑着地，受了重伤。他醒来后，先问撞他的小伙子是否受伤。当得知小伙子要被单位处分时，陈景润急忙要求不要处罚他。

盛名之下，陈景润丝毫没有受到外界喧嚣的干扰，他心里只有一个目标，那就是证明"1+1"。

为梦想"搭梯子"

完成"1+2"的证明之后,陈景润先后获得了国家自然科学奖一等奖、何梁何利基金奖、华罗庚数学奖等众多奖项。外界对陈景润的研究有很多评价,但他毫不关心。他对同事说:"无论怎样评价,我都是'1+2',现在只有'1+1'是我关心的。"

陈景润开始朝着证明"1+1"进军。尽管他知道攀上这座最高的山峰可能要穷尽毕生的心血,但他毫不退缩,用尽全力向上攀登。陈景润不是天才,他能够攀上数学的顶峰绝不是偶然。

华罗庚曾说,陈景润是个"慢才"。数学竞赛他是不合格的,即问即答他可能答不出,但第二天他做出的答案却会比所有的回答都深刻。陈景润的成就是用常人难以想象的毅力和坚强换来的。

成功证明"1+2"后,人们看着他房间里的几麻袋演算草稿才明白,这一结论是花费了无数个日日夜夜,经过了数以千万次演算后得出的。有人曾说,数论研究挑战的是人类智力的极限,哥德巴赫猜想挑战的是数论领域二百多年人类智力极限的总和。陈景润挑战的难度在数学界是众所周知的,但陈景润却轻描淡写地说:"数学没有什么秘密,就是要拼命。"

国内有些数学家曾和陈景润谈过数论问题。大家发现,陈景润在这个领域已经走得很远,甚至超越了他的老师。数学家林群说:"陈景润的基本功下得很深,他像老工人熟悉机器零件一样熟悉数学定理公式,老工人可以用零件组装机器,他可以用这些基本演算公式写出新的定理。"

陈景润把每一分钟都用来思考和研究,不肯休息,也不肯停留。他常说的一句话是:"时间是个常数,花掉一天等于浪费二十四小时。"如此不惜以健康为代价,不计后果地进行研究,他的目的很简单:"我不想要名利和地位,我只希望能好好地研究数学,在这方面有一些贡献,可以为中国人争一口气。"

有一次,陈景润去理发,理发店里的人很多,需要排队。店员给了他一个号牌,告诉他还要等一段时间。陈景润不愿意在理发店里什么也不做地等着,就到旁边的书店边等边看书。他在书店找到一本自己想看的书,一直看到天黑才想起来自己是出来理发的。陈景润想,这时如果再到理发店去,即使没关门,店里也一定已经叫过这个号码了,要是还要排队怎么办呢?陈景润想不出好办法,只得无奈地回家去了。

陈景润和由昆结婚以后,由昆知道他不愿意在理发店里等候,就买了理发工具在家里给他理发。第一次理发的时候,由昆不熟悉理发工具的使用方法,把陈景润的头发理得像狗啃的一样。同事惊讶地问陈景润:"你在哪里把头发弄成这样?"陈景润幽默地说:"在一个特别小的店。那里不用排队。"

陈景润每天埋头研究,常常没有时间陪儿子欢欢玩。一天,欢欢好奇地问:"爸爸,妈妈说你每天晚上都睡得很晚,白天也不理我。您在忙什么?"

陈景润笑着说:"爸爸在做作业。"

欢欢看了看陈景润正在写的草稿纸,恍然大悟道:"原来爸爸的作业就是数学题啊。"

常年超负荷的工作,使陈景润的身体已经难以再承受任何压力。徐迟在《哥德巴赫猜想》中这样描写陈景润:"他的两眼深深地凹陷了,他的面颊带上了肺结核的红晕。喉头炎严重,他咳嗽不停。腹胀、腹痛难以忍受,有时已人事不知,却还记挂着数字与符号。"

中科院数学所考虑到陈景润的身体状况不好,把他安排在病号房。院里规定,病号房晚上十点必须熄灯。但陈景润总是十点以后悄悄走出病号房,一手拿着纸笔,一手拿着一瓶热水来到洗脸间,背靠着墙坐在地上,开始演算。有时候当他完成一个阶段的工作时,天已经大亮了——陈景润又度过了一个不眠之夜。

由于病情加重,陈景润住院治疗的时间越来越长。每次住院治疗的时候,他都会带着书和资料去，经常通宵研究。医生护士给他打针的时候，他要求不能在右手上打针，因为右手要用来写字。

然而，"1+1"的难度远比当年"1+2"的难度要高。要做出"1+1"需要在"1+2"的基础上再上一个更高的台阶。陈景润说："越逼近极限，难度越大，虽然全世界许多数学家都在努力摘取这项桂冠，但用传统的数学方法证明'1+1'已经行不通，关键要找到一种全新的方法。这就好比用肉眼无法观测外星球，用电子望远镜才可能办到。可至今尚未有人找到类似电子望远镜的新手段。"

要冲击"1+1"必须找到一条新路，这条路在哪里呢？陈景润寻找了很多个日日夜夜都没有找到。一天，陈景润突然想到，也许要到达的这个目的地根本就没有路，只有搭梯子才能爬上去。

想明白这一点之后，陈景润反而不焦虑了。他开始耐心地搭梯子，寻找合适的方法入手。这时的科研环境比原来好太多了，他的草稿纸也不用再装在麻袋里，而是可以一摞一摞地放在办公室里，放在自家的书房里。陈景润孜孜不倦地探寻着，哥德巴赫猜想成了他生命中重要的组成部分。陈景润的最后一篇论文是和王天泽先生合作的《关于哥德巴赫问题》。一直到生命的最后一刻,他都没有放弃数学研究。

德国大数学家希尔伯特曾说:"为了引诱我们,数学问题应是困难的,但不是完全不可解决的,免得它嘲弄我们的努力,它应是通往潜藏着真理的曲径上的引路人,最后它应该以成功地解答的喜悦作为对我们的奖励。"陈景润所有的努力,就是在等待成功解答的喜悦,尽管不论怎么努力,都找不到一个合适的方法。

但陈景润并未放弃,他相信,世上无难事,只要肯登攀。虽然工作条件改善了很多,但他的工作状态依然不变。陈景润还是和以前一样,在家里的时候常常通宵达旦地演算和学习;出差或者住院时就在楼道里或卫生间里看书;还是把书撕成一页一页放在衣袋里,有空就拿出来研究。

陈景润坚持着,为了那个不知能否实现的梦想坚持着。正如林语堂所说:"梦想无论怎样模糊,总潜伏在我们心底,使我们的心境永远得不到宁静,直到这些梦想成为事实。"

特殊的教学方式

一九七八年,国家恢复研究生招生工作。

中科院数学所计划招收十五名研究生,没想到竟然有一千多人报考。报考陈景润课题组的考生超过了一百人,但录取名额只有两个人。

经过第一轮笔试,有六名考生进入了复试。陈景润亲自对他们进行面试,并对其中的三名学生很满意。可是,数学所规定,每个导师只能招收两名学生,三人中必须淘汰一人。陈景润找到数学所的领导,一番软磨硬泡之后,硬是让三名学生都被录取了。

能成为著名数学家陈景润的学生,三个人都很高兴。但入学以后,他们就傻眼了。

陈景润没有带过研究生，对这三个学生的指导很简单。他既不给他们讲课，也不给他们具体的课题，只是列出几本书的书单，让他们自己去看书，自己去探索，自己去发现。

陈景润不喜欢学生向他提问，学生有问题问他，他的回答常常是："自己考虑。"然后拂袖而去。有一次，三个学生结伴到他的宿舍去向他请教，听到敲门声后，陈景润竟然把屋里的灯关掉，不管学生们怎么敲门都不开。

学生们一时找不到学习的方向和方法，又不知道该怎么跟陈景润沟通，他们感叹道："做陈景润的学生真苦。"

但不久之后学生们就发现，他们不仅是陈景润的学生，还是陈景润的助手，要经常帮他处理一些学术上的事务。这虽然辛苦，但让他们有了更多的机会了解自己的老师。

学生们在与陈景润的接触中看到，陈景润的研究基本上都是独立完成的，他的刻苦和坚韧让学生们惊叹，他对数学研究的敏锐度让学生们钦佩。学生们渐渐明白，老师让他们自己研读，其实是给了他们最大的研究自由和空间。做研究要肯下功夫，要学会独立思考，这样才能真正取得成绩。事实证明陈景润的做法是对的，毕业后，这几名学生都成了数学研究领域的佼佼者。

陈景润平时和学生们相处的时间并不多，但他对他们的要求却非常严格。每个学期学生们都要交研究报告给他，如果论文中有计算错误或是其他的疏漏，陈景润丝毫也不能容忍，有时甚至到了苛刻的地步。

学生们第一次把论文交给陈景润的时候，他只是简单地浏览了一下就把论文扔还给了他们。学生们虽然平时很少看到陈景润笑，但也很少看到陈景润发火。他们忘不了陈景润大发雷霆的样子，忘不了他用福建口音的普通话斥责他们学习不认真，不刻苦，不用心。

几个学生不敢多说一句话，捡起自己的论文灰溜溜地走出教室。虽然不敢抱怨，但也有些不知所措，他们不明白导师为什么会因为几个小问题发那么大的火。一个偶然的机会，他们从其他教授那里得知，陈景润治学非常严谨，他投稿的论文几乎不用改动一个字,每一步演算和每一个结论都完全正确。学生们这才明白,陈景润是希望他们能像自己一样,有严谨的治学态度,在研究中精益求精。

尽管后来交论文的时候学生们依然战战兢兢,害怕自己的马虎让陈景润大发脾气,但他们并不反感陈景润这样做,因为他们理解老师独特的教学方式,理解老师的良苦用心。

陈景润一共带过六个学生,其中三个博士生是在他生命晚期,住院期间带出来的。带博士生的时候,陈景润的身体已经非常差了,病情十分严重。在眼睛难以睁开、只能用手指撑着看书的情况下,他还和他的博士生一起合作了十三篇论文。

陈景润躺在病床上,和博士生一起读书、讨论、确定论文的选题和思路,用含混的语言表达自己的观点和看法。在生命的最后时刻,他还记挂着学生的论文。陈景润用这种独特的教学方式让学生们真正学习他的研究方法,带领他们走进数学研究领域的大门。

陈景润的学生们发现,虽然老师没有事无巨细地关心他们,但老师对数学的专注与执着,生活上的朴素与淡泊，都给了他们太多的启发与帮助。

有一次，一个学生和陈景润出去办事。走着走着，陈景润突然把一毛钱塞给这个学生。学生诧异地问："陈老师，为什么要给我钱？"

陈景润有些尴尬地说："上次我请你帮我寄过一封信，我没给你邮票钱。你也不提醒我，幸亏今天我想起来了。"

这个学生本想推辞一下，但他知道陈景润的做事风格，只得收下了。

身教重于言传，陈景润用自己刻苦与严谨的治学态度、坚韧与执着的品质，让他的学生不仅学到了知识和方法，更明白了一个科学工作者应该具备的涵养与素质。

紧握那双手

陈景润从小就不擅长与人交往。在进入数学研究领域后，更是全身心地投入其中，无暇考虑生活中的其他问题。

由于常年沉浸在自己的数学研究中，日常生活中的陈景润显得木讷少语，很少与人往来。很多人认为，陈景润就是一个满脑子只有数字，没有感情的人。理解一个普通人都是很难的，更何况一个常年与数字打交道的人。很少有人能够真正明白陈景润的内心世界。

据说，徐迟的《哥德巴赫猜想》发表后，许多年轻女性对陈景润表达了仰慕和爱意。陈景润对此并不动心，有姑娘专程到数学所来探访陈景润，但都被他拒之门外。

当所有人都以为陈景润不会有爱情的时候，有人发现，陈景润恋爱了——他爱上了从武汉到北京三〇九医院进修的医生由昆。由于由昆在武汉工作，两个人只能用写信的方式沟通。陈景润写下了很多热情洋溢的情书，倾诉着自己炽热的感情。

善良开朗的女医生和热爱数学研究的陈景润走到一起并不奇怪，这是两个同样单纯质朴的人，他们相互敬重，相互理解，共同营造了一个属于他们自己的家园。一九八〇年八月，两个人结了婚。一年以后，他们的孩子出生了，陈景润有了一个幸福的家。

由昆是医生，对陈景润不健康的生活方式非常反对，每天督促他锻炼，提醒他早睡，改变他的饮食习惯。陈景润嘴上答应着，行动上却依然我行我素。不管由昆怎么说，他还是每天睡得很晚，起得很早，有时甚至通宵不休息。

陈景润不爱锻炼，由昆就在家里布置了一个简易的健身房。陈景润刚开始还练了几天，之后就觉得麻烦，开始偷懒，只在由昆快回家的时候随便练几下。由昆知道后，只能不再勉强他。

不能控制陈景润的作息时间，不能强制他锻炼，由昆只好退而求其次，给陈景润制订了卫生守则，要求他每天刷牙两次，一周洗澡两次，两天刮一次胡子，两周剪一次指甲。在由昆的精心照料下，以前不修边幅的陈景润变得越来越精神。

由昆常说："我要带两个小孩，一个是欢欢，一个是老小孩。"她说这话并非无奈与埋怨。说起这个看起来对妻子言听计从，但有时也有些顽皮，总试图违反规则的丈夫，由昆知道，陈景润对妻子，对孩子，对这个家都有着深深的依恋与热爱。

温馨的家庭生活让陈景润对生活有了更多的兴趣。他开始对音乐产生了兴趣，一天他兴致勃勃地告诉由昆："数学和音乐一样，它们描述的都是和谐美。数学是无声的音乐，音乐是有声的数学。"每天晚饭后，陈景润都会戴上耳机听一会儿音乐，甚至学会了几首歌，能把《我是一个兵》唱得铿锵有力。

陈景润开始在阳台上种各种植物。有时种小葱和大蒜，有时种一些容易养活的花。不论种什么，他都认真地浇水施肥、捉害虫，每天下班回来都要先去看看他的宝贝植物。看着茁壮生长的植物，他的脸上总会露出孩子般天真的笑容。

一九九五年五月二十二日是陈景润六十二岁的生日。当时他生着病，住在医院里，医生建议他的生日在医院里过。

由昆带着孩子早早地来到医院，给陈景润带去了一束鲜花。欢欢特意在院子里摘了一朵黄色的小花，轻轻放在陈景润的床头，对着陈景润的耳朵说："爸爸生日快乐！"

陈景润微笑着拉住欢欢的手，轻轻摩挲着，但没过多久就开始催促他们："欢欢，你该上学去了。由，你也早点上班去吧。"

由昆了解陈景润，即使希望家人陪在身边，但他也不愿意他们为了自己耽误工作和学习。因此，由昆和欢欢早在前一天就在家里提前为陈景润过了生日。

这是一个没有主角在场的生日会。家里挂上了彩带和气球，桌上摆了鲜花和生日蛋糕，由昆和欢欢一起点燃了红蜡烛。

紧握那双手

欢欢大声说:"祝爸爸生日快乐!"

由昆也说:"生日快乐!"

红蜡烛慢慢燃烧着,由昆看着蜡油一滴一滴掉落下来,心里一阵绞痛。欢欢问:"爸爸明天真的不能回来吗?"

由昆点点头。

欢欢拉住妈妈的手说:"妈妈,我们一起许个愿,希望爸爸明年能回来过生日。"

两个人一起吹灭了蜡烛,欢欢笑着对妈妈说:"我许的愿很灵,爸爸明年一定能回来过生日。"

欢欢听了爸爸的话,上学去了,由昆没有走。看着躺在病床上的陈景润,她似乎有很多话想对他说,但她最终什么也没说,只是接过护工手里的碗,一勺一勺地喂陈景润吃饭。

吃完饭后,陈景润没有像往常一样午睡,他有一句没一句地和由昆聊天。突然,陈景润向上挺了挺身子,嘴里发出急切的声音。由昆急忙凑近一些,这才听清楚,陈景润要由昆把结婚戒指拿给他。

由昆连忙取出戒指,细心地为他戴在手上。陈景润想抬起手看一看,由昆连忙拉起他的手,把戒指举到他眼前。

陈景润深情地看着这枚戒指,它虽已不像当年那样闪闪发亮,但岁月在它身上留下的痕迹似乎让它变得更加柔和、可爱。他不禁紧紧握住了由昆的手。

他们结婚十六年来,陈景润经常这样紧握着由昆的手。他们紧握着手,走过了生活中的风风雨雨,走过了人生中的日日夜夜。

数学家爸爸

四十八岁这年,陈景润才当上爸爸。

孩子出生那天,因为是剖腹产,陈景润担心得一夜没睡。儿子出生后,他兴奋得冒着寒风跑回数学所,向大家报告:我做爸爸了!

陈景润对由昆说:"你生孩子太辛苦了,就让孩子随你姓,叫由伟吧。"

由昆笑着说:"孩子是我们两个人的,就叫他陈由伟吧,小名叫欢欢。"

欢欢的降生让陈景润体会到了做父亲的快乐。虽然一家三口加上保姆住在一套很小的房子里,家里到处都挂着孩子的尿布,但陈景润非常满足,每天下班回来就抱着儿子笑呵呵地转来转去,不停地逗他。

儿子出生后，从不为自己的衣食住行操心的陈景润开始学着上街给儿子买牛奶；日夜作息颠倒的他会为了让儿子安静睡觉而早早休息；从不浪费时间的他每天都会抽出一定的时间和儿子玩。在儿子面前，陈景润不是一个数学家，而是一个普普通通的疼爱孩子的父亲。

北方的冬天非常寒冷，除了大白菜很少有其他蔬菜可以吃。陈景润为了让儿子有新鲜蔬菜吃，在花盆里种了一株西红柿苗。他每天细心地浇水，为柔弱的枝干绑上木棍支撑。在陈景润的精心照料下，这株西红柿苗长得非常茁壮，并结出了红红的果实。

由昆摘下西红柿，做了一碗菜汤。她让陈景润先吃，陈景润却说什么也不肯吃一口，他对由昆说："给欢欢吃！欢欢需要它，孩子吃了它会更健康的。"

和大多数父母一样，陈景润也希望自己的儿子将来能成为一个有用的人。他抓住一切机会培养儿子的各项能力。

欢欢刚会说话，陈景润就开始教他英语。每当欢欢问爸爸这是什么的时候，陈景润不仅告诉他中文的名称，同时也教会他英语的读音。他希望欢欢从小就能掌握一门外语，以后从事科研或者其他工作就能事半功倍。

欢欢只有十个月的时候，陈景润把一支铅笔放在他的手里，欢欢握着笔上下挥舞，陈景润高兴地说："我儿子会写字了！"由昆在一旁乐开了花："你也太心急了吧？"

有一天，陈景润进门就喊道："欢欢，猜猜爸爸给你带什么好吃的回来了？"

欢欢跑过来抱住爸爸的腿，喊着："爸爸，给我！"

陈景润把手高高举起，直到欢欢有些不高兴了，才把手放下来。看到他的手里有一包糖块，欢欢马上伸手想拿过去。陈景润把手往后一缩："等等，这些都是你的，但我们要先做个游戏。"

欢欢马上规规矩矩地坐好，眼睛盯着陈景润的手。陈景润把糖块放在桌上，一块一块数了起来。数完之后问欢欢："这里一共有九块糖，如果我拿走了五块，还剩几块？"

欢欢歪着头想了想，摇摇头说："不知道。"

陈景润耐心地拉着欢欢的手说："来，爸爸教你数一数。"

等欢欢知道九块糖拿走五块还剩四块后，陈景润高兴地给了他一块糖。看着欢欢吃糖的馋样儿，陈景润的眼里充满了慈爱。他喜欢和欢欢这样做游戏，既陪伴了孩子，又培养了孩子对数学的兴趣。

一转眼，欢欢已经三岁了。这个年龄的孩子对外界的一切都充满了兴趣，喜欢用自己的方式去探索世界、了解世界。三岁的欢欢喜欢画画，用色彩和线条表达对世界的观察。

欢欢在家里墙上空白的地方画，在桌角上画，在椅子背上画，只要是有一块平整的地方，欢欢就在上面画满他喜欢的图案。

由昆下班回来，看到家里又被欢欢画得到处都是五颜六色的图案，非常生气。但没等由昆找欢欢算账，陈景润先说话了："孩子画画，是在动脑筋，不要阻止他。"

听到爸爸这么说，欢欢画得更起劲了。陈景润拿来一沓白纸，对欢欢说："如果你把想画的东西画在这里，我们就可以开办一个画展。"

欢欢听了爸爸的话，就不再到处乱画。周末的时候，陈景润在走廊里钉了两根钉子，中间拉一条线，用晒衣服的小夹子把欢欢的画挂了起来，再在最前面的一张纸上写上几个大字："欢欢绘画展"。

欢欢画了新的作品就会挂在这根线上。每天陈景润下班回来，看到上面有了新作品，都会认真地评价一番，鼓励欢欢再接再厉，画出更多更好的画来。

孩子的兴趣总是变得很快，欢欢不久又迷上了拆玩具。一件玩具在他手里，很快就会被拆成几块。尽管由昆整天在欢欢的身后提醒他不能这么玩，但只要妈妈一不留神，欢欢就把一件玩具给大卸八块了。

由昆有些担心地对陈景润说："这孩子是不是太顽皮了？这些玩具在他手里都变成了废品。"

陈景润笑着安慰由昆："这样做没什么不好。孩子这是在动脑筋研究玩具的结构呢，让他做去吧。"

欢欢上小学了,还和上幼儿园时一样贪玩,在课桌前坐不了一会儿就想去玩。陈景润跟由昆商量:"把欢欢的小桌子搬到我的书房,他看到爸爸在看书,说不定就会用功读书了。"

开始的几天,欢欢看到爸爸在看书,也认真地做起作业来,做完作业后就找一本书看。可几天以后,欢欢就忘了妈妈说过不许打扰爸爸。他一会儿起身出去喝水,一会儿又说自己饿了,有时候干脆跑到陈景润面前问:"爸爸,您看的什么书啊?"

陈景润只好放下书,尽可能简洁地向他解释。几次以后,由昆担心欢欢影响陈景润工作,又把他的小桌子搬了出去。

因为身体不好,陈景润没有过多的精力去辅导欢欢的功课。欢欢记得,爸爸只给他讲过一次数学题。

那道题是这样的:"1+2+3+4+5+6+7+8+9=?"

由于数字很多,欢欢算了好几遍,每一遍的答案都不一样。他想去问爸爸,但想到妈妈平时总是要求他不要打扰爸爸,就又犹豫了。

陈景润正好走了过来,看到欢欢咬着笔杆发呆,就问:"遇到问题了吗?"

欢欢连忙指着题目说:"就这道题,算了好几次,答案都不一样。"

陈景润看了一眼说:"这道题的答案是45。"

欢欢惊讶地问:"您就看了一眼,怎么就知道答案呢?"

陈景润耐心地解释说:"1和9相加,2和8相加,3和7相加,4和6相加都等于10,一共是4个10,再加上中间的5,就是45。"

欢欢崇拜地看着爸爸:"是不是因为您是数学家才这么厉害?"

陈景润摇摇头:"这道题目是给小学生做的,不是数学家也能做出来。每做一道题目,都要认真思考,找出规律。只有掌握了规律,才算是真正完成了练习。"

陈景润曾有一个心愿,希望儿子今后也研究数学。为了提高孩子对数学的兴趣,陈景润和由昆商量后,在欢欢小学五年级的时候给他报了一个"华罗庚数学班"。但欢欢似乎并不喜欢学习数学,听了几次课之后，他就拒绝去上课了。令人没有想到的是，陈景润并没有大发雷霆，而是平静地接受了欢欢的决定。他说："孩子有自己的想法，应该顺着他。没有人可以打造他，除了他自己。"

虽然希望欢欢能专注学习，考试能取得好成绩，但陈景润从不限制欢欢的业余爱好。有一次，陈景润正在福建出差，学校选中欢欢吹小号，欢欢特意打电话征求爸爸的意见。

陈景润并不知道小号是什么，他问欢欢："吹小号是不是就是吹喇叭？"

一旁的由昆笑着说："这是两种不同的乐器。"

陈景润也笑了："只要欢欢喜欢，我没意见。"

和成绩相比，陈景润更看重的是欢欢的性格养成。他希望自己的孩子谦虚谨慎、朴素正直。他经常对妻子说："不要让孩子有优越感，要教育他尊老爱幼，要告诉他，不要靠父母，要靠自己努力。"

陈景润常年住院，欢欢只要去医院看望爸爸，就会给他按摩。他向妈妈学习了按摩的手法，轻轻地给爸爸按着，还不时问："舒服吗？"陈景润连连点头:"舒服极了。"

在儿子欢欢的眼里,父亲陈景润与他的关系同天下所有和谐的父子关系一样,平凡而温馨。这是一个温柔可亲、循循善诱的父亲,他并不是不问世事的科学狂人,像传言的那样"不食人间烟火"。的确,父亲每天要工作很久,他爱数学,爱工作,但他从未因为数学而忽视家人。相反,他是那样爱自己的家,那样珍惜和家人在一起的每分每秒。

人生的目的是奉献

陈景润生命的最后几个月是在医院里度过的。

因为常年带病工作,陈景润的身体一直非常虚弱,一年中的大部分时间都在医院里。人们去医院探望陈景润的时候,常常看到他一边打着点滴,一边艰难地看资料,或者和学生讨论问题。大家都劝他把工作放一放,但陈景润总是摇摇头。在生命的最后阶段,他已经不能握笔,眼睛无法睁开,也不能清晰地说话,但他仍然用手势和含糊的语言与他的学生讨论数学问题。去看望他的中国科学院院士王元对陈景润说:"你就放弃它吧!你已取得的成就,至少本世纪无人能望其项背!"

陈景润缓缓地摇摇头,坚决地吐出一个字:

"不!"

一九八四年,陈景润被查出患了帕金森综合征。这种病堪称医学界的哥德巴赫猜想,至今都没有找到有效的治疗方案。虽然医生们全力救治,但陈景润的病情恶化得很快。

陈景润的眼睛只要闭上就不能睁开,后来发展到必须借助外力才能开合。他的喉部肌肉渐渐麻痹,不能吞咽,不能正常说话,只能发出含混的语音。他的手不能握笔写字,脚不能正常走路,只要稍不注意就高烧不退,引起其他的并发症。

然而,他的思维依然清晰,记忆力和听力依然很好。他知道自己剩下的时间不多了,数学研究对他来说已经是心有余而力不足,这让他苦恼不已。来看望他的亲人和朋友都劝他放弃工作,陈景润痛苦地说:"不让我工作,不如让我去死。"

直到生命的最后时刻,陈景润都没有放弃数学研究。去世前几个月,他依然关注着国际数学界的信息。当得知英国数学家怀尔斯证明了费马大定理时,他请护理人员帮他把眼皮翻开,用含糊不清的声音说:"快把资料找来,我要看!"

除了数学，陈景润最牵挂的还是家人，他尤其放心不下由昆和儿子欢欢。

陈景润希望有更多时间能和由昆厮守，哪怕只是握着她的手，也感到幸福。只要外出散步，他都会穿上由昆给他买的一件红色的夹克衫。病情得到缓解的时候，陈景润会拉着由昆的手，轻轻哼唱起《十五的月亮》。由昆听出了他要表达的眷恋，强忍着泪水说："你唱得真好，我都听到了。再过几个月就是你六十三岁的生日，到时候我们一起回家去过生日。"陈景润没说话，只是努力点了点头。

陈景润希望能看着欢欢长大成人，成为一个优秀的人。他常拉着欢欢的手说："爸爸一生都在与命运抗争，如今，爸爸要与死神抗争，争取更多的时间，教育和哺育你，让你长大，让你上大学。"

可是，陈景润没有等到儿子长大的那一天，没有等到回家过六十三岁的生日。

一九九六年三月十九日，他安静地离开了这个世界。

陈景润或许是遗憾的，他距离"1+1"的顶峰只有一步之遥。

陈景润或许是欣慰的,他证明出的"1+2"是全世界数学家奋斗了两百多年都没有解决的难题,至今无人超越。

陈景润或许是无悔的,他把毕生的心血和精力都奉献给了自己热爱的事业,从未停留和懈怠。

一九九一年,北京电视台的一个栏目组采访了陈景润一家,当记者问他人生的目的是什么的时候,陈景润不假思索地说:"人生的目的是奉献,而不是索取。"

一九九九年十月,经国际小天体命名委员会批准,中国科学院北京天文观测中心施密特CCD小行星项目组发现的国际永久编号为"7681"的小行星,被命名为"陈景润星"。而陈景润自己,也像一颗星,宁静,璀璨,为他最爱的数学,燃烧了自己的一生。